うしろ姿のしぐれてゆくか

山頭火と近木圭之介

Hiroko Kakehashi
桟 比呂子

海鳥社

刊行によせて

「層雲自由律」編集者　**伊藤完吾**

自由律の俳人、山頭火に関する本はかなり増えましたが、山頭火は多くの俳句友達や知人に支えられて生きたわけですから、山頭火の交友関係は、もっと調べたり研究されてよいのではないかと、思っておりました。

幸い、一昨年の「西日本新聞」に桟さんの「山じいさんと黎坊」が連載されたことで、山頭火と黎坊《れいぼう》こと近木圭之介の交友が紹介され、いささかこれまでの胸のつかえが晴れた思いがしました。この文章が更に書き加えられて一冊になるということなので、大いに期待しているところです。

山頭火と同じ自由律の釜の飯で育った俳人、尾崎放哉《おざきほうさい》も、やはり恵まれた友人や師の庇護によって俳人としての生涯を完結できた一人でした。

自由律の俳人として名を成したこの二人に対して、二人を育て面倒を見てきた師の荻原井泉《おぎわらせいせん》水《すい》の名が、さっぱり世の中に知られていないのが残念なので、放送関係のあるディレクターに申しましたところ、「井泉水には話題性が少ないんですよ」とのこと。やはり芸術院会員になるような偉い人は「プロジェクトX」向きではなかったのかも知れません。

三人の名前を挙げた機会に年齢差を考えてみますと、山頭火が明治十五年生まれで一番年上、井泉水が二歳（厳密には一歳半）年下、放哉は更に一歳下ですが、三人とも同世代と考えて差し支えないでしょう。

この三人が大正十二年の関東大震災を機に人生の蹉跌に遭遇、同じように仏門をくぐったのが契機で、お互いに消息を知り合います。やがて放哉は井泉水の厚い庇護のもと、小豆島で生涯を終えますが、山頭火は熊本の寺を出て、敢然と放浪流転の道を歩みだすという、三人それぞれの劇的なドラマの展開があるわけですが、このことは本著が詳しく語ってくれるでしょう。

この他もうすこし当時の仲間の顔を拾って見ますと、中学時代山頭火の二年後輩だった久保《くぼ》白船《はくせん》は、井泉水と同じ明治十七年生まれ。また「層雲」初期からの相棒として、最後まで井泉水を支えた秋山秋紅蓼《あきやましゅうこうりょう》、芹田鳳車《せりたほうしゃ》は、いずれも放哉と同じ明治十八年生まれです。

自由律に限らない同じ短詩型分野の人たちでは、近代短歌のリーダーとして活躍した若山牧水、北原白秋、山村暮鳥《ぼちょう》、石川啄木らが明治十七、十八年生まれ。近代詩のリーダーだった萩原朔太郎も明治十九年生まれで、新しい詩歌運動の推進者達が目白押しに並んでいて、この時代の短詩型文芸に賭けた人々の情熱のほどが分かります。

では、はじめに山頭火が句作の上で注目していたと思われる友達を挙げてみます。大正期の野村朱鱗洞《しゅりんどう》、晩年の尾崎放哉、鳥取の河本緑石《りょくせき》、以上の三人を作品の詩質の上で注目していたようです。しかしその中で一度も会うことなく、自分より先に死んでしまった、十歳も年上の朱鱗洞の辛辣で的確な作品評は、高く評価していたようです。

朱鱗洞もまた早くから山頭火を認めていたらしく、

「……私は山頭火氏が時折洩らさるるあの痛々しい内省の叫び、悲痛の哲理を拝見する毎に、氏が詩（長詩）を作られたならと常々思っています。氏の俳句よりも氏の感想の方が尊い……」とまで言い切っています。つまり、山頭火『行乞記』のヒントは、朱鱗洞が示唆していたと言えるのではないでしょうか。

次に、栗林一石路《いっせきろ》、大橋裸木《らぼく》、和田秋兎死《あきとし》、海藤抱壺《ほうこ》らの作品とその背景へも、関心を持っていたようです。昭和十一年の長旅で、はるばる東北の鶴岡や仙台まで足を伸ばしたのは、秋兎死や抱壺に会いたいためだった、とさえ言われています。

余談になりますが、山頭火が東海道を東上して、鎌倉の地に着いたのが、昭和十一年四月三日。二日間市内の寺社や井泉水の住居跡を訪ねて、四月五日の層雲社句会に出席のため、東京に向かいます。それからほぼ一カ月間（その間には伊豆方面にも行っていましたが）、東京に滞在、俳句の友達だけでなく、斎藤清衛や、青木健作といった早稲田時代の友達に会ったりしていますが、都会の人は一応の歓待はするものの、二日も三日もだらだらと付き合うことはなかったようです。それに、当時の東京は、あの二・二六事件が終わってまだ一月あまりしか経っていなかったし、その真相も、不明のまま詳しくは報じられなかったことで、市民のわだかまりが残っていて、お互い気の合うもの同士以外は、腹を割って話さないという雰囲気が支配的でした。

また四月に発行された「層雲」には、井泉水の「事変の雪」や、秋紅蓼「戒厳令下に」などの連作句が掲載、井泉水はまた「雑記」で事件当日の模様や、一般市民の気持ちなどを述べておられたりして、それぞれ暗い気持ちを持ち続けていた世相を代弁していました。

もちろん市民の中には無関心派もいたようで、巷の定型俳句の偏った流行にさえ、井泉水は腹立たしく、

「文学的な世界の歪曲とともに世相の歪曲を語るものではないか……」と書かれています。

そうした中、山頭火は層雲社句会の翌日から井泉水の羽織と下駄を借りて出て行ったきり、一週間ほど行方知れずでしたから井泉水は心配のあまり、四月十二日の日記にはこんなことまで書いています。

――やっぱり、友を尋ねて――いや、酒を尋ねて歩いてゐるのだ、山頭火の如き酒徒が酒に溺れることは、善悪を云うべきことではないけれども、酒の中で山頭火という者が溺死して、酒徒という骸ばかりが浮いて遊んでいるやうになつては困ることだと思われる。

（「大泉」掲載）

とかなり辛辣に批判しています。

これは山頭火に対してだけでなく、山頭火をだしにして、飲み回っているかも知れない仲間への直言だったようです。

さて、自由律俳句の西の横綱が放哉なら、東の横綱は裸木と言われたほどの作家だった大橋裸木にも、山頭火は生前一度も会う機会はなかったのでしたが、山頭火の旅日記を読んでみますと、晩年の裸木が療養していた、三重県の阿保《あお》を回り、上野町の芭蕉塚とともに裸木塚にも立ち寄って、裸木句の作品背景を確かめていたことが分かります。

山頭火の交友関係の三番目としては、彼の生活の支援者であり相談相手だった九州の木村緑平、広島の大山澄太、中学時代からの学友、久保白船を挙げなければならないでしょう。

そして、最後になりましたが、いちばん身近な気の置けない友達という交友関係があり、そのお一人が三十歳も年の離れていた黎々火です。

山頭火と黎々火を結ぶ大きな絆の一つといえば、どなたもお気づきの通り、あの「うしろ姿」の写真でしょう。

この写真のことは、この本の中にも詳細に取り上げられていますが、大きなマスコミの奔流の中で、見失われてゆく作者の真意を、何としても取り戻しておかなければいけないと思いましたので、本文と重複するかも知れませんが、撮影したご本人圭之介の言葉を載せておきます。

「……山頭火といえば『うしろ姿』とまでいわれ、ポスターや、山頭火関連の書籍の表紙に使われているが、単なる黒いうしろ姿でしかなかった。今にして思えば霊感とでもいうか。私はうしろ姿をカメラに収めたく、道べりに立つよう山頭火に注文した。……その時のシャッター音から五十年ほどのちの昭和五十七年の秋、生誕百年を記念する山頭火展が下関大丸であった。その時に私は一人の女子大生に出会った。彼女は街でふと、この山頭火のうしろ姿のポスターを見かけ、そのまま山頭火展を観に来られたという。彼女はこう語った。『普通の人の背中ではなかった。何か人生の重みを感じさせるうしろ姿だった。たまらなくなり、その足で観に来た』。この言葉は、今もって私には忘れ得ぬ言葉となっている。」（近木圭之介）

この、「黎々火の霊感が写した一枚のうしろ姿」の写真は、実は意外にも早く公の場に公開されていたのです。層雲会員の肖像写真集『象画帖』（昭和九年七月刊）に、堂々とこのうしろ姿の写真が掲載されました。ただし、うしろ姿の肖像写真だけでは、役にたたないでしょうから、右隅に小さく正面向きの写真も加えられているのですが、主役はあくまでもうしろ姿であることは一目瞭然です。恐らくこの写真で、放浪の旅人山頭火のイメージが、会員の間に定着したことは確かでしょう。

これまでの種田山頭火関連図書といえば、『定本山頭火全集』（春陽堂書店）に始まる山頭火を中心とした伝記や記録、そして研究書といったものがほとんどでした。

確かに、これらの図書から、山頭火の特異な生活記録や人生遍歴を知ることができて、多くの人の関心を呼んだし、生きる上での励みにもなったようですが、その一方、いささか虚像的な山頭火像がもてはやされるといった風潮がありました。

山頭火が没してすでに六十余年、彼と直接交友のあった人々も少なくなった今、山頭火の実像を語れる人は、黎坊こと近木圭之介を置いては、他に誰もいません。

黎坊が何やらおれのことをしゃべっているわい、と山じいさんは笑っているかも知れませんね。

はじめに

はじめて山頭火の名前を知ったのは二十数年前、私のふるさと宮崎県高千穂の山中で、

分け入つても分け入つても青い山　　山頭火

の句碑に出会ったときだった。私の幼い頃のふるさとはまさに句のとおりで、町へ出るにもおにぎりを持って山を越え、何時間も歩かなければならない深い山の中にあった。その句を読んだとき、山また山を行く旅人がふと足をとめて、四囲に重なる緑の深さに感動している様が、素直に伝わってきた。

昭和四十年代からじわじわと広がったという「山頭火ブーム」は、山頭火自身の日記をはじめ、多くの作家によって研究され、単行本、雑誌、テレビと夥しい数の山頭火が語られ、映像化されてきた。私たちはそれらを媒介にして、虚実ないまぜにした行乞流転の孤独な求道者的な俳人のイメージを作り上げ、偶像化された山頭火はひとり歩きを始めていた。

平成十一（一九九九）年二月、「山頭火のうしろ姿」を写した方が下関にご健在と知って紹介

していただき、長府の自宅をお訪ねした。荻原井泉水が名付けた「河童洞」の主人・近木圭之介《ちかきけいのすけ》（旧号黎々火《れいれいか》）先生は、二十一歳のとき山頭火と並んで写った白黒写真の当時と少しも変わらず、丸顔に丸い眼鏡の童顔はいまも少年のようにナイーブで若々しく、初対面の私を温かく迎えてくれた。

二十一歳から二十九歳までの八年間、親しく交遊した山頭火をいとおしむように「私の宝物」だと話される。山頭火の書簡や揮毫したものは、残らず保存されていた。その一つ一つに語り尽くせないほどの思い出があり、それを昨日のことのように克明に話されるので、六十数年前にタイムスリップして、山頭火の息づかいが聞こえてきそうな気がしてきた。山頭火のことを話される近木先生の瞳は二十歳の青年に戻り、笑顔がこぼれていたのが印象的だった。

それまでの私にとって、明治十五年生まれの山頭火は、「歴史上の人物」だった。しかし、先生のお話をお聞きしているうちに、身近な人に思えて親近感がわき、山頭火に関する書籍、新聞、VTRを見た。ところが困ったことに読むほどに知るほどに、山頭火の嫌なところが目につい てくる。自分の我儘を通すため妻子を捨てる。ここまではよくある話だが、ひと所に落ち着くこともできず、人の好意にどっぷり甘えて働かず、ゆきあたりばったりの生き方は、まず私の好みではなかった。さらに、悩みも嘆きも中途半端で、忸怩たる思いを抱きながらも欲望に負けて、「いまが良ければいいや」に流されるいいかげんさ。かと思うと、人の好意を当てに生活しているのに、師の荻原井泉水には贈り物をしたりする。けっこう世渡りも心得ているな、と苦笑してしまう。おまけに女性に関しては、「女の肉体はよいと思ふことはあるが、女そのものはどうしても好きになれない」と、日記に臆面もなく書いている。

人間性の好みから言えば、正岡子規や、同じ自由律でも海藤抱壺に気持ちが動く。難病に苦しめられながらも精一杯生きて生きて、絶望の中をつき抜けて生まれた俳句は胸を打つ。私はそういう生き方の人間が好きなのだ。

最近、四国・松山の子規記念博物館に立ち寄った。浅学の私は、あの有名な子規の横向きの写真からイメージして、老人とばかり思っていたのだ。ところが若い！　三十五歳で没するまでの六年間、脊椎カリエスの激しい痛みと闘いながらほとんど寝たきりだったと知った。その短い生涯と病苦を思うと、偉大な業績がいっそう輝いて感動的だった。

ところで彼らが残した作品に関してはどうだろうか。子規の俳句を五つあげろと言われてもとっさに出てこないが、山頭火の俳句は意識的に覚えたわけでもないのに、幾つかそらんじている。悔しいけれどいつの間にか、私の体の中に染み込んでいた。考えてみるとここまで山頭火にこだわっているのは、知らず知らずのうちにこころを奪われていたのではないのかと気づき、うろたえた。

山頭火は、自分の我儘のために妻や子を犠牲にし、多くの俳友に迷惑をかけつづけた一生だった。しかしいま、その句や生き方は疲れた現代人のこころを癒し、酒代飯代にと気軽に揮毫したものが破格の値打ちになり、漂泊した道や宿まで町おこしに貢献している。その意味ではすでに罪滅ぼしは終わっている。いや終わっているどころか、何倍ものおつりがきている。人生に「起承転結」があるとすれば、「起承転」のハチャメチャを「結」で見事に締め括ったすごい人だと言っていい。しかしそれは山頭火ひとりの力ではない。乞食坊主と呼ばれていたころの、無名の彼を支えた多くの俳友の物心両面の援助を忘れてはならないと思う。山頭火は決して孤独ではなく、「層雲」という組織に守られた幸せな人だといえる。

山頭火についてのVTRを見ていたとき、山頭火のひとり息子である健氏が病室のベッドの上でインタビューに答え、「山頭火は孤独というとるけど、援助者がついとったからね。私の方が完全に孤独と思いますよ」と涙ながらに話していたのが、重くこころによどんでいる。

山頭火の生きた時代を語れる人は、いまでは近木圭之介ひとりになった。私たちは氏を通してしか、生身の山頭火に触れることはできなくなった。黎々火と山頭火の八年を書き残したいと思う。

平成十五年一月二十日

桟　比呂子

うしろ姿のしぐれてゆくか
山頭火と近木圭之介

■

目　次

分け入つても分け入つても青い山

近木黎々火

水音のやや寒い朝のながれくる　　　山頭火

三十歳も年の違う山頭火と、二十代のころ、八年にわたり交遊した近木圭之介《ちかきけいのすけ》（旧号黎々火《れいれいか》）は、明治四十五（一九一二）年一月二十二日、福井県舘町で森冨織太・ウラの間に三人兄弟の末っ子として生まれた。本名・正《まさし》。逓信省勤務の織太の転勤で、生後三カ月目に石川県金沢市の彦三《ひこそ》七番丁に移った。小学校一年生終了までの七年間、金沢の地に育まれた。

「金沢をふるさとに持ったことは一生涯、心の誇りですね」

いまも幼いころを思い出すだけで、心が満ちてくると言う。

加賀百万石の城下町として栄えた金沢は、兼六園の四季折々の美しさに加え、『杏っ子』の室生犀星、『婦系図』の泉鏡花ら文学者を生んだ文化の薫り豊かな土地だった。母、ウラは犀川の近くまで琴の稽古に行き、幼い正を連れて通っていた。母の稽古が終わるまで、正は外で一人で遊びながら待っていた。

「近くに織元が並び、機織りの音がカタンカタンと聞こえてくる。夕方になると細目格子の道筋に、ガス灯の青白い灯が入って、いま思うと情緒があったね」

北陸の冬はきびしく、家の軒先まで雪に埋もれる。歩く足元に屋根があり、積雪を切って階段を作り、玄関へ下りていた。商店などは竹竿の先に「コノ下ニトーフ屋ガアリマス」とか、「コノ下ニ雑貨〇〇店アリ」など書いたボール紙を挟み、目印に立てていた光景も懐かしい。

幼いころの正は、葦の生い残った浅野川で水遊びをしたり、乗用車の後ろから飛び乗って遊んだりしていた。車輪のカバー部分に張りつき、自由に乗り降りするのは、当時、子供たちのスリリングな遊びのひとつだった。といっても車もいまのようなスピードではなく、時速三〇キロくらいにゆっくり走っていた。大正ロマンと呼ばれた時代、金沢の町で少年の日を過ごし、知らず知らずのうちに情緒や美意識を身につけていった。

正が金沢を離れたのは瓢箪《ひょうたん》町小学校一年生のときである。山口県長府町（現・下関市長府）の本家は、織太の兄・満平が継いでいた。そこの一人息子である繫次が赤痢で亡くなったのがきっかけだった。繫次は大学在学中で二十一歳だった。後継ぎを失った本家は、織太の三男の正を近木家の養子にほしいと言ってきたのだ。

一年生が終了した後の春休み、織太に連れられて初めて汽車に乗り、親戚のいる大阪へ向かった。大阪では父の従兄の家に泊まり、通天閣や大阪城などあちこち見物しながら、父と子は二、三日ゆっくり過ごした。それから迎えに来た兄の近木満平に八歳の正を預けると、織太は金沢へ帰って行った。

「わたしは養子の話などひとつも知らされず、両親や兄たちと別れるのが嫌だとか寂しいとか思わず、ただ汽車に乗るのが楽しみでついて行ったようなもの。いま思うとのんきだったね」

その当時の子供は汽車に乗る機会など、滅多になかったのだ。山陽本線下り下関行きの汽車は二等と三等があり、正の乗った二等は乗合バスのように両側に向き合った長い座席で、光沢のあるビロードが張ってあった。乗客は五、六人しかいなかった。

「男の人がラッパの付いた大きな蓄音機を持ち込んでね、長く寝転んで聴いていた。そういうのんびりした時代でもあったね」

その旅で、いまでもはっきり覚えていることは、琵琶湖に架かる鉄橋の上から見た湖水の色だった。

「葦が一面生えて、底が見えないくらい濃い緑色をしていた。あの深く青い水の色は忘れられないね」

水の色以外の途中の景色は、何ひとつ覚えていない。

学生時代の山頭火（中段右より３番目）

翌朝、長府駅に着くと二台の人力車に乗り、伯父の家まで宙を飛ぶように走って行った。

金沢から大阪へ、そして下関までの長い道中だったが、見るもの聞くものすべてが新鮮で、寂しさを感じる暇もないほど正の胸は好奇心に高鳴っていた。山口県豊浦郡長府中土居の家に着いた日から、近木満平・ツネの養子となり祖父母ともども五人の暮らしが始まった。

正が金沢から長府へ着いた同じ年の大正八（一九一九）年の十月、種田山頭火は熊本に妻子を残して、単身上京している。

実父の織太は真面目一方の堅物人間で尺八を吹くくらいしか趣味はなかったが、養父の満平は謡曲、能楽にビリヤードと多趣味の上に新しもの好きで、大正末期にラジオ放送が始まると、すぐにラッパ付きのラジオを買うような、流行に敏感なタイプだった。

「近木のおやじの方が生活がモダンで、わたしと気が合った。ものがわかるから、本当のおやじより好きだったね」

正は内向的で無口な少年だったが、すぐに新しい家庭での生活に溶け込んだ。祖母のナカもたいそう正を可愛がってくれた。祖父の次郎はもと士族で庄屋をしていたという大らかな人柄だったが、何より正を驚かせたのは、次郎が家の襖に描いた絵を見たときで、「うまいなー」と子供ごころに思ったと言う。その祖父の血を引いたのか、のちに正も絵を描くようになる。

ずっと後になって聞いた話によると、正を養子に送り出した実母ウラは、何カ月も食事が喉を通らず痩せ細り、うつ状態になっていたらしい。そんなことは知るよしもなく、正は元気に屈託なく日々を楽しんでいた。

地元の尋常小学校を出て同県小野田市の旧制興風中学（現・県立小野田高校）に進む。そこに、山頭火とつなぐ因縁の細い糸があったことを知るのは、卒業して五十数年を経た十五年ほど前のことだ。山根文平校長が山頭火と旧制山口中学（現・県立山口高校）の同級生だったのだ。同県防府市の山頭火研究会のメンバーが出版した句碑集を読んでいるときだった。その中に、明治三十三年の山口中学の卒業写真が載っていた。三列に並んだ中段に学生服姿の山頭火「種田正一」がしゃちこばった顔で座っている。後段左側にはりりしい姿の山根文平。当時の山頭火のあだ名は風ぼうをとらえて「おこぜ」だったという。

正が興風中学在学中に、逓信省勤務の実父織太は金沢から富山へ転勤し、その後、神戸の郵便局長に転じてここを最後に退職。ふるさとの長府町に戻り、近木家から五分と離れていない三島町に家を構えた。正は両家を自由に行き来しながら、大正ロマンの薫りに満ちた金沢で身につけた情緒や美意識は磨かれていった。

中学を卒業した昭和五年、国内は「昭和恐慌」と呼ばれる未曾有の不況のただ中にあった。前年にウォール街の株の大暴落に端を発した世界恐慌は、この年に日本へと飛び火していた。さらに翌年、日中戦争の戦端を開く満州事変が勃発、戦線が拡大する一方で街には失業者があふれ、先の見えない暗雲に覆われた道を日本は歩き始めていた。だが養父の満平は「あわてて就職することはない。二、三年は遊んでのんびりしろ」と悠然と構えていたので、正も深刻な気持ちはなく過ごしていた。

三島町に構えた森冨居

正は就職するまでの四年間、絵の上手だった祖父に触発されて、近所の画家に日本画を習ったり、堀口大学や萩原朔太郎、ジャン・

コクトーらの詩を夢中で読んだりした。また読むだけでなく、自分でもノートに詩を書き付けたり、定型の俳句を我流で詠んでは新聞に投稿したり、世情とかけ離れた生活に明け暮れていた。俳号は森冨祇堂丸《きどうまる》。そのころラジオから流れる『半七捕物帳』や『修善寺物語』を書いた劇作家・岡本綺堂の二文字を拝借しもじった。

そんな昭和六年のある日、日露職争で名を挙げた乃木希典陸軍大将のかつての部下だった、軍人である祖父の弟がひょっこり近木家を訪ねてきた。小説や詩集が並ぶ正の書棚を見て「こんな軟弱な男はつまらん」と、ため息をついたという。動乱の時代は文学など受けつけなかったのだ。

このころ、山頭火はすでに放浪の旅にあった。

月が地べたに凍へてゐるのでいそぐ　　　きとう丸

過去との決別

しぐるる土を踏みしめてゆく　　山頭火

大正五（一九一六）年四月、三十三歳で生まれ故郷の山口県防府から熊本市に移った種田山頭火は、古書・文房具店「雅楽多《がらくた》」を開業した。結婚六年目の妻サキノ、五歳の長男健と一緒だった。その三年前に自由律俳句と出会い、荻原井泉水が主宰する「層雲」に入会。井泉水に認められ選者になってもいた。世の中は大戦景気に沸いているというのに、稼業の種田酒造場は間もなく倒産、句友を頼って熊本に逃げ延びる。

昭和五年九月、日記『行乞記』で「私はまた旅に出た」と書き出したとき、手元にはそれまで書きためていた日記や手記はなかった。焼き捨てたのだ。日記は八冊、焼き捨てた理由は定かではない。人の目にふれてはまずいものだったのか、「こんなだらしない生き方ではだめだ」と人生に深い区切りをつけての旅立ちだったのか。熊本に逃れて十五年。この間に過去と決別

当時の種田酒造所

するどんな理由があったのか。

生まれたのは明治十五（一八八二）年十二月三日、山口県佐波郡西佐波令村（現・防府市）にて、竹治郎・フサの長男に生まれる。本名・正一。実家は大地主だったため、高等教育をうけ文学に熱中出来る環境にあった。

山頭火は十歳のとき、井戸へ身を投げた母の自殺に遭遇している。十一歳の姉を頭に五人の子供を残して母は逝った。竹治郎の女遊びが原因だとか、明治二十二年に三男を生んだ後の心身不調を苦にしてなど諸説があるのだが、少年山頭火は母への愛慕と女性不信を引きずっていくことになる。のちに日記にこう書く。

「……私たち一族の不幸は母の自殺から始まる、……と、私は自叙伝を書き始めるだらう。……母に罪はない、誰にも罪はない、悪いといへばみんなが悪いのだ。人間がいけないのだ。……」

私立周陽学舎（現・県立防府高校）に進学すると、学友たちと回覧誌を発行するなど文学活動を始める。卒業後、旧制山口中学四年時に編入。同一年生に入学したのは、終生の友となる久保白船だ。白船は両親を早く亡くし、稼業の醤油醸造業を継ぐため大学進学はあきらめていたが、持ち前の文才を発揮しすぐに頭角を現わした。これに大いに刺激を受けた山頭火は俳句や短歌をはじめ、さまざまなジャンルの文学に挑戦する。明治三十五年九月十五日、早稲田大学文学科に進んだが、神経衰弱のため明治三十七年二月に中退して帰郷、病気療養している。神経衰弱あるいは精神分裂病といわれる山頭火の病は、不眠・鬱といった形で山頭火を一生涯苦しめることになるのだ。

　ふるさとに帰った山頭火は、近隣の句会に参加したり文芸誌を発行するなど、活発に文学活動をしている。郷土文芸誌「青年」にツルゲーネフやモーパッサンら欧州の作家たちの著書の翻訳を発表。日本文学の、四季の美しさを愛で、こころの機微を唱う文学とは違い、人生観や生活観を投影するそれら外国文学のリアルな描写は、山頭火のその後の句作に少なからぬ影響を与えたのではないだろうか。

ＪＲ防府駅前の山頭火像

　明治四十三年九月に佐藤光之輔・クニの長女サキノと結婚。翌年八月に長男健が生まれる。

　大正二年、「層雲」入会。五年に選者となるが、稼業倒産で妻子を連れて熊本へ。同年末に、母の死の翌年に有富家に養子にいった弟二郎が離縁され、熊本に身を寄せていたが、大正七年六月、岩国の愛宕山で首を吊り自ら命を絶った。その遺書には「愚なる不幸児は玖珂郡愛宕村の山中に於て自殺す　尚醜骸御発見の方は何卒実兄の許へ御報被下候」とあり、山頭火がかけつけたときには、死後一カ月経っており、そこにあったのは変わり果てた弟の姿だった。兄らしいことは何もしてやれなかったと、自責と哀れさが山頭火を苦しめた。さらに同年十月、信頼し一目置いていた、同人の野村朱鱗洞が二十六歳の若さで急死。十一月二十日付の大牟田の医師・木村緑平宛のはがきに「朱鱗洞氏が流行感冒で逝去されたさうです、惜しい人を亡くしたと思ひます、燐惜に堪へられません」と、その哀しみを書き綴った。朱鱗洞は「層雲」誌に載る山頭火のエピグラム（警句）を見て、「私は山頭火氏が時折洩らさるゝ、あの痛々しい内省の叫び、悲痛の哲理を拝見する度に、氏が詩（長詩）を作られたならと常々思つてをります」と評し認めたよき理解者だった。

　一すじの煙悲しや日輪しずむ

山頭火はこの追悼句をおくり哀しんだ。
弟二郎に対して何もしてやれなかった悔恨と、朱鱗洞を失った空虚さに、山頭火の病んだ神経は耐えられなかった。気分転換しないと、このままでは自分が狂うかもしれない、新たな土地で生き直してみよう。山頭火は起死回生を賭けて単身上京したのだった。

　東京にいながら「層雲」に投稿するでもなく、井泉水にもこの間連絡なし。職を転々としながら翻訳をしたり、短文を書いたり、広告文募集に応募したり、文学での自立を試みたが思うような成果は得られず、失意の中にいた。

味取観音堂（熊本県鹿本郡植木町）

　熊本の文房具店を切り盛りするのはサキノだった。そのサキノの身内に迫られ、大正九年十一月に離婚。そして大正十二年九月一日の関東大震災で被災。避難先で不穏分子と間違えられて憲兵に捕らえられるが、やっとの思いで熊本に戻ってきた。

　自身の転機となる事件を起こしたのが翌年の十二月、四十二歳のときだ。酒に酔い、走行中の市電の前に立ちはだかった。熊本市坪井町の報恩寺に連れて行かれ、望月義庵和尚に導かれて禅門に入る。翌年に出家得度し、耕畝《こうほ》と改名。二月に熊本県鹿本郡植木町の味取《みとり》観音堂（曹洞宗瑞泉寺）の堂守となる。

松はみな枝垂れて南無観世音

山頭火の人生は法衣をまとったときに一変した。災い転じて福となしたとも言えるかもしれない。そのころの山頭火は「層雲」の人たちからも忘れ去られ、わずかに大牟田の木村緑平と徳島の久保白船らと交流があるばかりだった。堂守となって安住の地を見つけたかに見えたが、大正十五年四月、観音堂を捨てて旅に出る。

「山頭火は人に使われたり指示されたり、時間を守るとかそれが出来ない性格。一所におることが出来ないというのが、旅に出た一番の原因だと思うね」と、近木圭之介は推測する。

味取観音堂を出た山頭火は、九州や四国、中国地方を托鉢しながら放浪。その途次、宮崎県の山中で、

分け入つても分け入つても青い山

を詠んで「層雲」十二月号に発表し、上京以来七年間の沈黙を破った。山頭火の三万近いといわれる句の中でも、秀句は味取観音堂を出たのちに多いといわれる。「層雲」しか自分を生かす場所はないと思い直したのか、いわば「挫折の過去」を捨て、新たな日記『行乞記』を書き出すのは昭和五年九月。

「自由律俳句は朱鱗洞で萌芽し、放哉で生育し、山頭火で開花した」。そんな見方を現代に残しているのは、山頭火に過去との決別があったからこそ、かもしれない。

山頭火は、自身の過去のことは、圭之介にも一切話すことはなかった。『行乞記』は「文学的な価値云々で書いたのではなく、自分のことを書き残したいという気持ちが強かったのではないかな」と圭之介は言う。

旅にあった山頭火はいったん熊本に戻る。ガリ版刷りの句誌「三八九《さんぱく》」を発行してメシの種にして、落ち着こうと考えたのだ。会費毎月三十銭で、会誌一部を送付し、親睦を主目的にしたものだった。会友準会友五十余名、発行部数九十余。三号まで発行した。しかし会費を使い果し、「何も彼もメチャクチャ」になって、昭和六年暮れの十二月二十二日に、逃げるように熊本を旅立っている。しょせん一所定住は無理だったのか、『行乞記』の冒頭につぎの句が記されている。

高千穂神社にある山頭火の句碑

死をまへの木の葉そよぐなり

陽を吸ふ
死ぬる夜の雪ふりつもる
生死のなかの雪ふりしきる

「分け入つても――」で「層雲」に復帰して後、放浪先から秀句をつぎつぎと発表しているが、つぎの三句はとくに圭之介の好きな句だ。

しとどに濡れてこれは道しるべの石
しずけさや死ぬるばかりの水がながれて
ひぐるる土をふみしめていく

「見知らぬ村から村、また町から町、何も頼るものもない道、自分と同じ物言わぬ一つの石が方向を教えてくれる。水が流れている寂かな音、払ってもしのび寄る死への予感。肉体の疲れ、精神の疲れ、自己嫌悪がもたらす足の重さ。句が上手というのではない。自分を振り絞って吐き出した句は、歳月が経つほど胸に迫ってくるんだよ」と圭之介は語り、「昭和初期から七、八年の間に、山頭火らしい引き締まった秀句が多い」と言う。

荻原井泉水もこう見る。「やはり山頭火らしい佳い句といふものは、その放浪時代にあると思ふ。あの時代の句が一番光つてゐる。庵に落付いてしまふと、彼の句は容易にふやけがちであつた」

山頭火の生涯を四期に分けたのは、荻原井泉水から「層雲」を引き継いで「層雲自由律」と誌名を変え、いまも編集人を続ける伊藤完吾（神奈川県鎌倉在住）である。一期は生まれてから酒造場の倒産まで、二期は熊本へ移ってから出家得度して味取観音堂を出るまで、三期が放浪の時代、そして四期がそののちに庵を結んで以降。それぞれの時代に人生を迷い、模索する山頭火がいる。

お米が白くとげてるぐみの實　　きとう丸

其中庵まで

秋風のふるさと近うなつた　　山頭火

山頭火が「層雲」に復帰したころから、深刻な経済不況の中で労働者の立場から現実をとらえようとするプロレタリア文学が台頭した。「層雲」内部にも影響はおよび、山頭火の親しい句友たちがその運動に参加していった。

政府によるプロレタリア運動への弾圧が強まるにつれ、井泉水は「『層雲』を生かすか、作家を生かすか」に悩む。その末に「層雲」を選択した。結果としてプロレタリア作家と呼ばれる人たちが離れ、自然主義的リアリズム派が「層雲」の主流となっていく。その中のひとりが山頭火だった。

そんな激動の時代の流れに背を向けて、山頭火は放浪する大自然の中から句を詠みつづけた。

昭和四年三月、一度は熊本のサキノの店に落ち着き、「嘘の法衣をぬぎすて、前掛をかけた」

山頭火だったが、酒代の金銭トラブルを起こし、昭和五年九月九日、再び旅立った。「私はとうくまた旅に出ました、まことに懸命の旅であります、私はやつぱり乞食坊主以外のものにはなりきれません」と緑平に書き送っている。

木村緑平は山頭火より六歳下の炭鉱勤務医。二人の出会いは大正八年四月のことだ。「層雲」同人であり当時大牟田住まいの緑平を、このころ熊本で文房具店をやっていた山頭火は初めて訪ねた。そのときのことを「層雲」昭和十五年十二月号「山頭火追憶」の中で、緑平はつぎのように記す。

「初めて私の処に来たのは袷《あわせ》を着る頃であった。鳥打帽子に霜降の厚司と云ふ商人風のいでたちであった。絵葉書の行商の帰り途だと云って風呂敷包みを持って、夕方突然たづねて来た」

緑平が駅まで送って別れた後、山頭火は売上金も絵葉書も飲み尽くし、それでもまだ足りず無銭飲食となり警察に捕まった。翌朝、報せを受けた緑平が身元引受人になり釈放された。熊本へ帰った山頭火からはがきが届く。

「何と詫びを申上たらいいか解らなくなりました、あの日帰りましてから悪寒と慚愧とのためにズツト寝ていました、私の愚劣な生活も此度の愚劣な行動で一段落ちつきました、破れるものはみんな破れてしまつた、落ちるところまでは落ちてきた、といつたやうな気分です」

それ以来、山頭火は、緑平にもっとも信頼を置くようになり、こころの拠り所にしていた。緑平に無心したのはいまの金にして二千万円は超すといわれる。初対面の日から亡くなるまで、緑平は母のように、妻のように山頭火に接し、失敗の後始末をしている。

山頭火は過去と決別し全て消し去るように、熊本を発つときそれまでの日記や手記はすべて焼き捨ててしまった。

焼き捨て丶日記の灰のこれだけか

「私は今、私の過去一切を清算しなければならなくなつてゐるのである、たゞ捨て丶もく捨てきれないものに涙が流れるのである」。捨てても捨てきれないもの、忘れようとしても忘れられないもの、それは一人息子の健であり妻サキノのことだった。「荷物の重さ、いひかえれば執着の重さを感じる」と昭和五年十一月二十五日の日記に書く山頭火だった。

捨てきれぬ荷物の重さまへうしろ

旅に出たものの晩秋に差しかかるころ、緑平に、「歩くのがいやになった」ともらした。この年十二月で満四十八歳。味取観音堂を出てから五年、旅にも疲れ、安住の地を求めるようになっていたのだ。十二月十七日の日記に「自分の部屋が欲しい、自分の寝床だけは持たずにはゐられない、――これは私の本音だ」。行乞をしながら木賃宿に泊まる旅に疲れ、家の灯りを欲していた。十九日にも「行乞は嫌だ、流浪も嫌だ、嫌なことをしなければならないから、なほく嫌だ」。宿銭と飯代のための行乞を嘆き、部屋を探し始めている。

年の暮れも押し迫った二十五日、熊本市に部屋を借り、そこを「三八九舎」と名付けて落ち着いた。個人誌「三八九」を発行して暮らすつもりが、それも長続きせず、翌年十二月二十二日に旅立った山頭火は、「私の一生は終わつたのだ、さうだ来年からは新らしい人間として新らしい生活を始めるのである」との決意で、福岡の俳友宅をまわっていた。

山頭火第一句集「鉢の子」

昭和七年三月、九州西北部を歩いていた山頭火は、緑平にはがきを書き送る。「嬉野温泉(佐賀県)に草庵を結びたい」と。温泉地での結庵はかねての望みだった。「あそこ(嬉野)は行乞、生活、修養、等々あらゆる点に於いてすぐれてをります」と、記している。

庵を結びたいという山頭火の気持ちを汲んだ緑平は、かつて尾崎放哉を支援した「放哉氏後援会」の取り組みを参考に、早速「結庵基金募集趣意書」を作成し後援会づくりを呼びかけた。発起人は木村緑平、久保白船ら「層雲」同人四名で、山頭火の句集『鉢の子』を発行してその売り上げを結庵の費用に充てようというものだった。

一、会費一口二円、

一、会員には一口につき山頭火翁句集一冊及翁の短冊二枚又は半切一枚を贈呈す。

その趣意書は「層雲」の七年四月号に載り、井泉水も追言を添えている。「誰にしても肉体の健康には限りがあり、又心魂に休息を与へることは必要である。我が山頭火君の為にも、せめて雨露を凌ぐに足るだけの、膝を容るゝに足るだけの草庵を作つてあげたいといふ友人等の懇情には、まことに嬉しいものがあると思ふ」。諸君も進んで名乗り出て頂きたいと呼びかける。

五月に九州から山口県に入った山頭火は川棚温泉を歩く途中、発熱。やむなくここに三日間の滞在になった。静養しながらゆっくり土地柄を眺めて見ると、温泉地の規模としては嬉野に劣るが、風景はむしろ勝っている。「ここでもいい」と結庵の候補地を急遽変更し、緑平に連絡して了解も得た。「層雲」七月号に川棚村から結庵宣言を書き送る。

「私は相かはらず歩きつづけてをりましたが、おかげ様でいよいよこゝに草庵を結ぶことにいたしました。湯もあれば時鳥も啼きます。知友を訪ねるにも、訪ねられるにもあまり遠くありませんので、嬉しがつてをります、入梅が迫りましたので、懸命になつて土地をさがしたり、大工さんと交渉したり、ほんとに忙しいことです。一日も早く『其中庵』主として起居したいものであります」

国森樹明（左）と山頭火

五月三十日の日記に「フレイ、フレイ、サントウカ、バンザアイ！」とあり、山頭火の結庵へ向けての張り切りようが目に浮かぶようだ。

花いばらここの土とならうよ

三カ月にわたり、空き家や空き地を見つけては交渉をつづけた。が、乞食坊主を受け入れてくれる所はなかった。山頭火の願いも虚しく結庵は不成功に終わった。

圭之介がずっと後になって、当時の小串警察署署長に聞いた話では、川棚の住人たちは「あんな得体のしれない乞食坊主に街をウロチョロされては危ない。温泉に来ている客にた

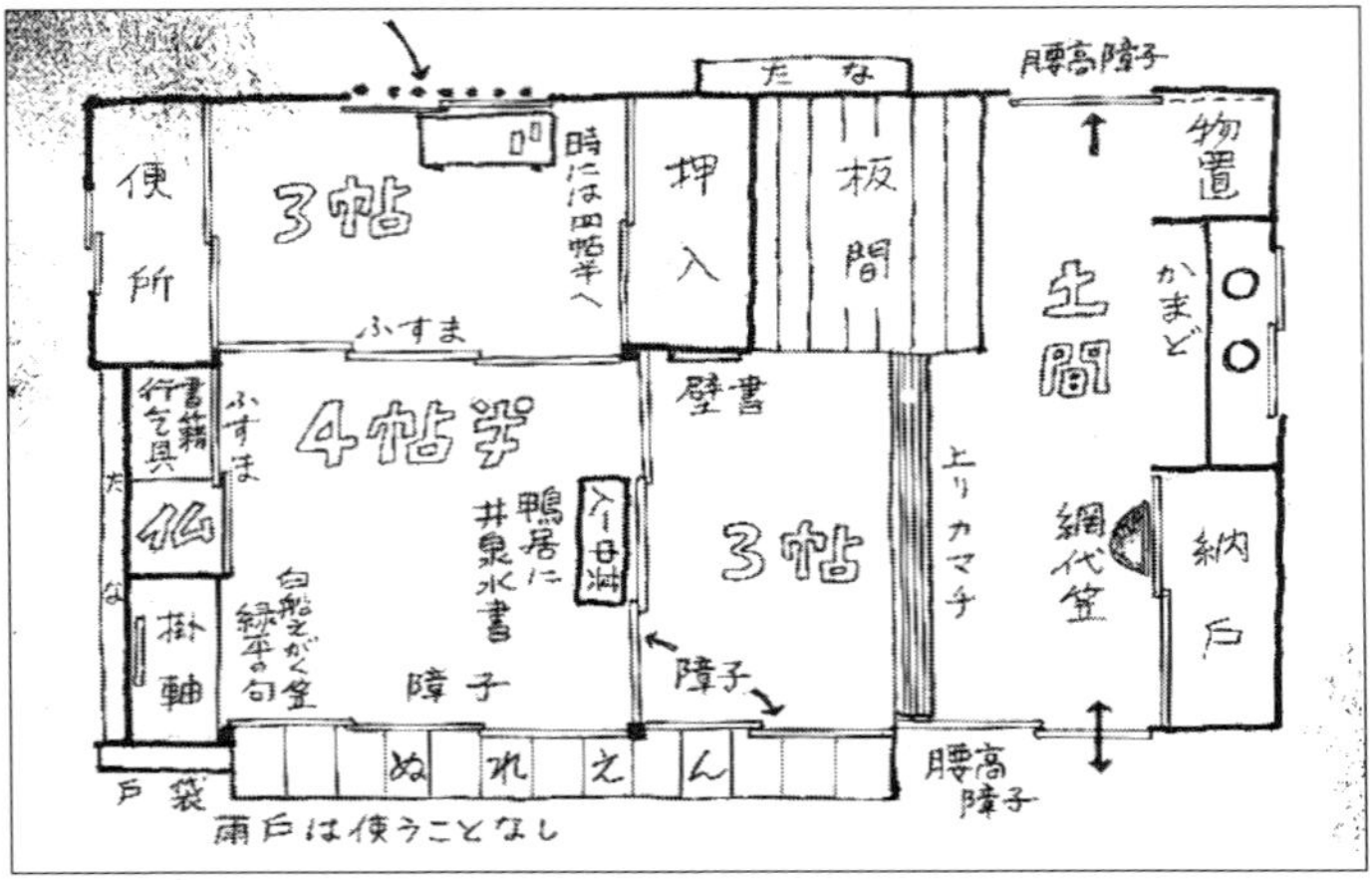

其中庵の間取り（画・近木圭之介）

いしても印象が悪いから、追い出してくれまいか」と、警察署に申し出たという。署長自ら山頭火に「退去命令」を伝えた、と語っていた。

山頭火は川棚の人たちを恨んでいるようだが、圭之介は「川棚にとっては当たり前のこと。どこの馬の骨か猫の骨かわからない乞食坊主に、土地を貸す者はいないですよ」

口惜しさと人間不信の募った山頭火の心情を察した、山口県小郡町の層雲同人・国森樹明《くにもりじゅみょう》は、「山麓の廃屋だけど、よかったらこちらに来ませんか」と声をかけた。ふるさとの防府に近く、大好きな湯田温泉へ十二キロ。山頭火は一目見るなりその廃屋を結庵の場所に決めた。

　　雨ふるふるさとははだしであるく

樹明は勤務先の県立小郡農学校の生徒たちに

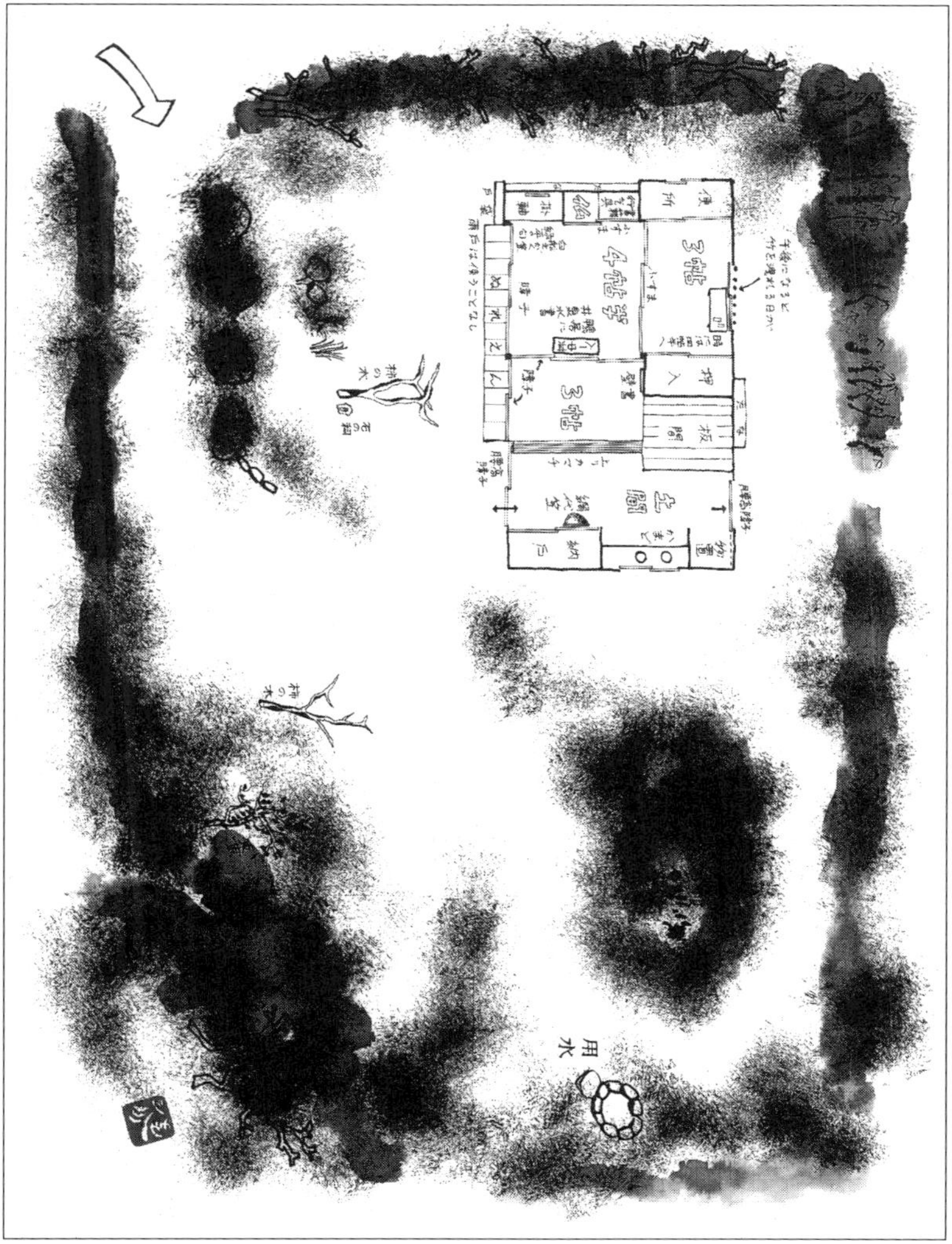

其中庵とその周辺（画・近木圭之介）

43　分け入つても分け入つても青い空

当時の其中庵

手伝ってもらい、屋根のわらをふき替え、板壁の破れや便所の修理をすませ、掃除をしてどうにか住めるまでに整えた。五十路に入る直前の九月下旬、山頭火の安住の地「其中庵」が結ばれた。「昭和七年九月廿日其中庵主となる、——この事実は大満州国承認よりも私には重大事実である」と日記に記す。

其中庵に落ち着いた山頭火を、世話役の樹明はさっそく馴染みの酒屋へ連れてゆき、「この人が酒を買いに来たら、どうかツケで渡してくれまいか」と頼む。ツケは大半を樹明が支払っていたのだろう。其中庵では山頭火を「庵主」と呼んでいた。

国森樹明は明治二十三（一八九〇）年、小郡の旧家に生まれた。「層雲」に作品が初めて載ったのは大正六年の一月号。山頭火が選者になった翌年だ。当時の樹明は和歌や詩も書き、「エメラルド」という小誌を編集発行していた。裕福な家庭に生まれ幅広く文学に関心を持っていたところは、山頭火と似ている。

圭之介はこんな国森家の逸話を明かす。

「奥さんが『さあ、ご飯を炊こう』と米びつを見たら空っぽ、というのはしょっちゅうだったようだ。米はぜんぶ其中庵に持って行っとる。お互いに酒飲みでよく気が合うから、樹明も大喜びで山頭火を援助していたのだろうよ」

樹明のそんな好意がなければ、山頭火は六年間も其中庵にとどまれなかったに違いない。生涯で其中庵時代が一番落ち着いた時期ではなかったろうか。

「毎日待つてゐるのは、朝は郵便、昼は新聞、夕は樹明、そして夜は——」。「私は樹明大菩薩を同じ道の友として持つてゐることを喜ぶ」と、『其中日記』に樹明の出てこない日はなかった。

「川棚温泉で結庵出来なくてよかったと、つくづく思うよ」と圭之介は振り返る。

「川棚周辺にはツケで飲ませてくれるような酒屋はなかったろう。それにあのころの山陰線は一日に何本も列車はなかったから、訪ねて行く人も少なかったはずだ。結庵出来たとしても、二カ月と暮らせなかったんじゃないかな。大地主の家に生まれた坊ちゃん育ちの山頭火には、その辺りのことがわかっていなかったんだよ」


泥手で煙草は尻のポケツトから　　きとう丸

出会い

稲妻する過去を清算しやうとする　　山頭火

近木圭之介が「層雲」と出会ったのは昭和七年、旧制中学校を卒業して二年後だった。不況による就職難の時代に、職探しは急がず、遊び半分に詩や定型俳句を作って新聞に投稿しながら、ぶらぶら過ごしていた。ときどき下関郵便局勤務の長兄が持ちかえる機関誌「広島逓友」の詩や俳句欄を興味をもって読んでいた。編集は大山澄太《すみた》で、俳句欄は定型と自由律の二つがあり、自由律の選者は編集と同じ大山澄太となっている。

「自由律の俳句を見て、こんなものもあるんだなあ、面白そうだなあと思って、我流だけど投稿しました」

俳号の森冨袛堂丸の名前が「広島逓友」の紙面に載るたびに楽しくなり、また一句作っては送りつづけた。間もなく俳号をきとう丸に改めて「広島逓友」の常連になる。選者の大山澄太はきとう丸の句をたくさん採ってくれた。やがて選者に親しみがわいてきて、澄太に手紙を書くまでに深まった。昭和七年の初夏、思い切って広島市の澄太の自宅を訪ねた。山頭火と出会う運命の糸が、少しずつたぐり寄せられていく。

いま思うと他愛もない話だが、澄太と会ったきとう丸は一瞬とまどった。それまで澄太の硬い文章や写真で見る風ぼうから想像していたのは古武士のようなイメージで、いつも着物を着て精神修養の話をする人だと思い、日本的な人だと思い込んでいた。ところが若い俳人を洋菓子と紅茶でもてなすその酒脱さは、あまりにも想像とかけ離れていたのだ。

澄太の話から自由律の創始者である荻原井泉水や「層雲」の存在を知った。帰り道、何気なく目をやった古本屋の店先に、いま耳にしたばかりの俳句誌「層雲」が無造作に置いてあった。昭和四年版を七、八冊、無造作に置いてあった。手にとってページをめくると、紙面から会員たちの情熱が伝わってくる。すべて買い求め、むさぼるように読んだ。

そこには井泉水のほかに、種田山頭火、尾崎放哉という名が特別欄に取り上げられている。なかでも山頭火の「火」の文字が目に焼き付いた。四年当時の山頭火の代表的な句に、

まつたく雲がない笠をぬぎ
すべつてころんで山がひつそり

ほろほろ酔うて木の葉ふる

などがある。「層雲」と出会って二カ月後、きとう丸は「層雲」に入会する。翌年の「層雲」新年号の会員動静欄に「種田山頭火氏　小郡町矢足　其中庵転居」とあった。庵を結んだ知らせだった。「小郡か、すぐ近くだな」と思いつつも、同門の大先輩で選者をするくらいの人だ、あまりにも遠い存在だった。「放哉と山頭火は別格で、生き方でいつも会員の口の端にのぼっていたね。みんな好奇な目で見てるわけ、『層雲』の中では有名人だったよ」

俳号をきとう丸から黎々火に改めるのはその年の正月だ。寝転んでラジオで落語を聞いていた。「ただ今の高座は鈴々舎馬風でした」と名前を聞いたとき、一瞬閃くものがあって起き上がった。

「れいれいしゃ……か、れいれい、いいなあ――」。口の中でなん度も言ってみる。馬風の「れい」は鈴だが、ほかに何かないか辞書を引いてみた。例・零・麗・嶺・黎……、これだ！　黎でいこう。黎明の「黎」はくらいという意味がある。舎の代わりに気に入っていた山頭火の「火」を頂いた。「くらい中に火が灯る」。そんな意味を込めた。

若き自由律俳人「森冨黎々火」はこうして誕生した。のちに山頭火に出会ったとき、「あなたに黙って火をいただいた」と打ち明けると、何も言わずに笑っていたという。

三月になって澄太からはがきが届く。「山頭火に逢いたいので、よかったら一緒に行かないか」との誘いだった。黎々火も「層雲」に入会して八カ月、山頭火と放哉の話は耳にしていたので興味もあり、会ってみたいと思っていた。小郡は長府からも近いし、二つ返事で同行の約束をする。そのとき澄太が言うには、「山頭火のところへ行っても客蒲団もないだろうから、二人で一緒に行って寝るのは無理だろう。それで私は広島で遠いから十八日に行き、あんたは近いから十九日に来なさいや」ということになった。

黎々火は春の彼岸の日曜日、実母ウラが「平生必ず要るものだから」と持たせてくれた味噌を手土産に、列車に乗った。小郡駅で降り、本通りから入ってつづく坂道を十分ばかり登ると、柿の木の段々畑の上にある庵に着いた。山頭火がここに落ち着いてから再発行したガリ版刷りの俳句誌「三八九《さんぱく》」第五集で案内した「駅から北北西へ七八丁、ヤアシという部落の奥の家」だった。庵には昨日着いた澄太と世話役の樹明がいた。樹明の勤務する農学校は、歩いて十分の所にある。

山頭火は鉄無地の着物に兵児帯を締め、あぐらをかいていた。少し高い声で、にこにこしながら話している。話題は豊富で飽きさせない。酒を飲むほどに口もなめらかになり、話上手だった。ときどききざみ煙草をキセルに詰めて吸っていた。若い黎々火にも始終笑顔を向けて、飾り気がない。

「先輩ぶらず、気楽に付き合えそうな人だなあ」

安心感がたちまち緊張をほぐし、初対面で親しみを持った。酔いがまわり話が弾むと、ゲラゲラと声を立てて大きく笑う口元に、上の前歯が一本のぞいている。歯はほとんどないようだが、年寄りじみて見えるわけでもなく、想像したよりも若かった。背丈は一六二センチの黎々火と同じくらいで、痩せているが骨太だった。のちに日記を見ると「私の体重は一四〆弐百、折から安売の玉葱に換算すればまさに壱円四〇弐銭の市価（二等品で一〆一〇銭だから）」とあり、キロに直すと五三キロ強になる。

黎々火が差し入れた味噌と塩こんぶ、かまぼこ、澄太が持ってきた酒、福神漬け、饅頭、樹明の鶏肉とセリをつまみにして飲んで食ってしゃべり、山頭火が表現した「其中庵稀有の饗宴」はあっという間に過ぎた。このとき、山頭火五十一歳、樹明三十六歳、澄太三十四歳、黎々火二十一歳。『其中日記』に山頭火は「よい気持で草原に寝ころんで話した、雲のない青空、そして芽ぐみつゝある枯草、道に遊ぶ者の親しさを見よ」と書き、つぎの句を詠んでいる。

春風の鉢の子一つ

鉢の子は托鉢に使う鉄鉢《てつぱつ》のことである。

黎々火はこの出会いをきっかけに、庵を訪ねるようになる。山頭火の嘘のない無垢な性情が好きだった。

「不思議な魅力があったね。朗らかで、ひとつも先輩面しない人柄。これが計算高かったり社交性がなかったりすると、だれも相手にせんよ。年齢差は関係なく、可愛がられる人間だろうね」

其中庵で会った数日後、山頭火のはがきの第一報を受け取った。「いろ〳〵ありがたうございました、おかげで庵もすつかり春景色になりました、これからはどうぞやつて来て下さい、句は見せて下さい、一日の長をたのんで何かといはせていただきませう、とりあえず、お礼まで」

山頭火も初めのころのはがきの文面は、他人行儀の決まり文句だったが、そのうち冗談を書いたりくだけてきたという。

二十代前半の黎々火は、俳句を詠むのも人と遊ぶのも楽しい盛りだ。其中庵を訪ねるたびに必ず樹明がいた。「黎君が来るから出掛けてこないか」と連絡していたのか、毎日庵に来ていたので会うのか、なぜかいつも三人だった。黎々火は酒一本と山頭火の好物の豆腐や生ウニ、ときには母の手料理を持って行く。樹明も農学校で作ったハムやソーセージ、魚や鶏肉など持って来て、上手にさばいていた。

酒は決まって熱燗だった。

「冷やで飲むと中風になると山頭火に言われ、燗をつけていたけど、本当のところは熱い方が早く酔うからだよ」

ときには町内に住む駅弁屋の友沢博や「層雲」同人の伊東敬治も顔を合わせ、山頭火の酒も話も弾んで一升ビンが何本も転がった。あまり飲めない黎々火だが、交わされる会話のすべてが新鮮で、仲間に加わっているだけで大人の気分を味わっていた。

ただし俳句の話はほとんどなく、「層雲」主宰者の井泉水のことや、旅の話が多かった。行く先々の土地の風習や、訪ねた俳友たちの近況、酒にまつわる数々の失敗談など、山頭火は面白可笑しく話して飽きさせない。とくに酒の失敗談になると饒舌になった。面と向かったときは、だれもが「山頭火さん」と呼んだが、仲間内で話すときは親しみを込めて「山《やま》さん」「山《やま》じいさん」だった。

初めてのはがきには「句は見せて下さい」とあったが、山頭火に俳句を添削してもらったことはほとんどない。

「初めの一回くらいは見てもらったけど、作品の傾向がお互いに違うから、あとは見せた記憶がないねえ」。思い出せるのは、「今月のお作はよかったですね」とさりげなく句にふれたはがきと、昭和九年三月、「層雲」二月号の「香風林欄」に載った九句のうちつぎの四句を挙げ、

うるんだ星のなかのほほのぬくみを
雪の、ここからはまつすぐな別れをいふ
どこからか日ぐれの風があなたの便りがひざに
朝、もう椎の木に陽が、年がかはつてをる

「などが好きです、おつとめはおつとめ、句は句でしつかりやつて下さい、私も大に精進いたします、手は手、足は足、句は句、そして手が足が句でもありますが」と書いたはがきの、二回だけである。

逆に旅から戻った山頭火が、黒表紙のノートを出して「こんな句が出来たがどうかのう」と聞くことの方が多かった。

「後輩のわたしが山頭火の句にあれこれ言う、そんな自由な雰囲気だったね」

山頭火は人前で句を見せたり、ノートに書き付けることなど滅多になかった。

絵はからきし下手で絵心のない山頭火は、黎々火の絵のうまさにいつも驚いていたという。

生れ故郷ちかくに住み　雑草行乞に出る　　黎々火

ひろがってあんたのこころ

秋田フキ

春たけなはの草をとりつつ待つてゐる　山頭火

卒業してもぶらぶらと遊んでいる正を心配した実母ウラは、親戚筋にあたる門司鉄道（鉄道省門司鉄道局、ＪＲ九州の前身）病院外科院長の村田桃源洞に就職を頼んだ。桃源洞は、井泉水と共に新傾向俳句を提唱した河東《かわひがし》碧梧桐《へきごとう》の流れをくむ口語俳句「天の川」主宰の吉岡禅寺洞の弟子であった。しかし、黎々火がそのことを知ったのは、戦後何十年も経ってからだ。禅寺洞とは下関の句会でときどき黎々火も会っていたのだが、不思議な縁だった。

昭和九（一九三四）年、黎々火は門司鉄道局本局に入社。未曾有の不景気の中で旧制中学を卒業し、四年間定職に就かずにいた文学青年も、ようやく社会人として第一歩を踏み出した。それまでの着物から、背広に着替えて通勤となった。当時の職員は十人中八人まで羽織袴の着物姿だったが、モダンな黎々火はベレー帽やソフトを被り、蝶ネクタイをしたこともある。作業服は大嫌いなのだ。就職してからは其中庵へも背広で行くようになる。

山口県長府町の自宅から其中庵までは、山陽本線を利用すれば九駅とさして苦になる距離ではない。しかも国鉄職員になったので汽車賃はタダ。独身で身軽だったせいもあるが、何よりもむしょうに山頭火に逢いたくなって、たびたび小郡に足が向いた。

「年が三十も離れていたからね。俳人山頭火の作品に惹かれたというより、山頭火の人間性に魅せられたと言った方が大きいだろうね」

入社した黎々火の勤務地は、九州の玄関口門司にある。土曜日は昼までのいわゆる半ドンで、目の前の門司港から国鉄関門連絡船で下関駅に渡り、山陽本線に乗り換えて長府駅で降り、家に帰るのがいつものコースだった。ところが汽車が長府トンネルを抜けて下車駅が近くなると、ふと山頭火に逢いたくなり、そのまま乗り越して小郡駅へ向かうのだ。そんなときは必ず小郡駅で一個八〇銭の駅弁を、手土産に買い求めた。

山頭火は駅弁が大好物で、魚の照焼き、牛肉の味付け、てんぷら、芋の煮ころがし、卵焼き、かまぼこ、煮豆など、大喜びしてあっちを突きこっちを突き、歯のない口で噛んだりしゃぶったり、美味しそうに食べる。日ごろは米飯と一汁一菜で豆腐や野菜だけということが多かったので、その点駅弁は魚や肉など品数が多く、手のこんだ料理を口にできる。喜んで食べている山頭火を見ると、黎々火もうれしくなるのだった。

平日の勤め帰りにふいと、其中庵へ直行することもあった。秋冬だとたどり着くころは、辺りは闇に包まれている。柿の木ごしに庵のランプの明かりがボーッと見えると、黎々火の胸に温かいものが広がった。山頭火に初めて会った春の彼岸のときには、電灯が灯っていた庵だったが、「電燈がどうしてもつかない、故障だらうと思つて電気局へ行つたら、電燈料の滞納（二ヶ月分）だから、点燈差止との事、なるほど無理もない」と四月十八日の『其中日記』にあるが、その二日後、古道具屋でランプを買い求め、以来其中庵の明かりに代わっている。

忍び足で落葉を踏み、驚かせてやろうと「山頭火さーん」と声を殺し気味に叫ぶ。すぐに人の気配がして、薄汚れた障子を開ける前から相好を崩して出てくる様子が伝わってくる。

「よう来ちゃったのう」

それがいつもの出迎えの言葉だった。だれが訪ねて来たのか、遠くの小さな足音で聞き分けたという。いつ訪ねて行っても、山頭火は温かく迎えてくれた。

いつも黎々火の差し入れた酒をいっときも待てないといった様子で、まず冷やで一杯。あとはヤカンに入れて燗をつけ、ゆっくりと楽しみながら飲んでいる。山頭火は若い黎々火を「黎《れい》坊《ぼう》」「黎君《れいくん》」と呼び、息子のようだと可愛がった。

山頭火の一人息子の種田健は明治四十三（一九一〇）年生まれで、黎々火よりも二歳上だ。大正九年に妻のサキノと離婚して以来十数年、健とも離ればなれになっていたとはいえ、こころの片すみに父親らしい情愛は残っていたのだろう。

「わたしが泊まったときの日記を見ると、健の夢を見たと書いている。『あんたは息子の代わりだ』とはっきり言ったこともあるよ。健さんの代わりに、わたしを可愛がってくれたんだろうよ」

いつ其中庵を訪ねても、今日は行かなければよかったと思った日はなかった。いつも山頭火は全身全心で迎えてくれた。

「今日は人に会いたくないなあという日があったかもしれないが、山頭火に限ってはおっくうがってるとか、こころを余所に、とかいう感じはひとつもなかったね」

黎々火の記憶には、こころから嬉しそうに迎える山頭火の姿しかない。

昭和八年三月に初めて其中庵を訪ねたとき、庵のたたずまいが殺風景に見えた。周囲には柿の木の若木が二十本ほど立ち並び、茶の木が茂り、二本のナツメの木には楕円形の実が生っていたが、どこか彩りがほしいところだった。

五月に庵を訪ねたとき、葉が大きくて育ちの早い秋田フキや縞カヤなどを、自宅から株ごと運び込んでは庭に植えた。「来年の夏には秋田フキが見事な葉を広げ、山頭火の孤独な日々を慰めるだろう」との黎々火の気遣いだった。その秋田フキは、のちに黎々火にとって忘れられない思い出をつくることになる。

ある日、黎々火は庵に立ち寄ったとき「何か書いてもらえませんか」と半切《はんせつ》を置いて帰っていた。しばらく経ったころ、山口県徳山市に住む「層雲」の選者で絵の才能もある久保白船が庵を訪ねたとき、山頭火は「黎々火に贈りたいので秋田フキを描いてくれ」と頼んだのか、白船はその半切に墨で庭のフキを写生した。フキを植えてもらったお礼に、山頭火は白船の絵に句を添えて黎々火に渡すつもりだったのだろう。ところが間違って、フキが描かれた紙の裏面に句を書いてしまったのだ。

　お詫びの手紙が黎々火に届いた。

「おかはりないでせう、だん〴〵秋がふかくなりますね、いつぞや、あなたと山から持つてかへつて植えた萩ですね、あれが五本、根ついて咲いて散りました、そしていつぞやの半切、——白船ゑがく山頭火うたふ——は私がまた書きそこないました、それで私から白船君に頼んで、書き改めて貰つてあげますから、しばらくお待ち下さい、それはかういふ半切でしたが□、あてもののそそつかしやだから、裏に書いてしまつたのです、ウラメシイとシヤレルことも出来ませんね」

　山頭火手描きの半切の絵は大きくフキが描かれている。手紙を読んだ黎々火は、ふっと不安になった。

「句だけならいつでも書けるけど、白船の絵となるといつになるかわからない。ひょっとすると、実現するかどうかわからないでしょう。山頭火のことだから破って捨てるかもしれない」と思った。それで「書き直したりしないでいいから、それを貰いに行きます」と返事を書き、すぐに庵に足を運んだ。案の定、半切は二つにちぎられていたが、黎々火はそのまま持ち帰った。

山頭火は白船より二つ年上だったが、一目置いた交友をつづけていた。ただ、年の離れた黎々火にとっては、気さくで親しみやすい山頭火と違い、白船は真面目すぎて硬い雰囲気があった。

白船のフキの絵を見ると、いつもの女性的な優しい筆づかいと違って、荒々しく迫力があった。秋田フキは裏から見てもたっぷり墨を含んだ筆の走りが力づよく重厚で、フキの存在感を写し出している。山頭火が間違うのも無理はなかった。

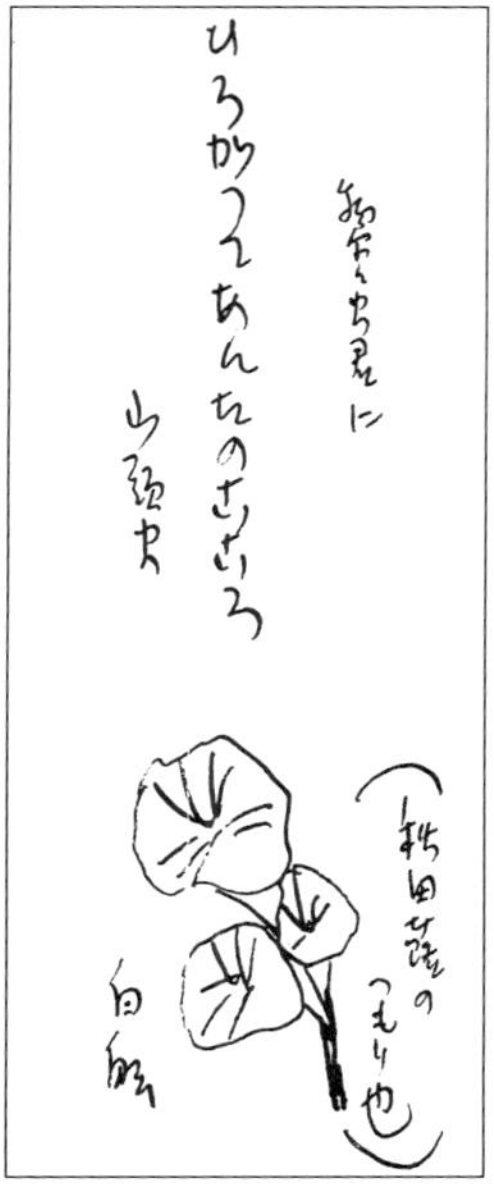

手紙に書かれた半切の絵

黎々火君へ
ひろがつてあんたのこころ

絵に添えられた句である。秋田フキを植えてくれた黎々火に感謝の気

句・山頭火、画・久保白船

持ちと、これからフキの葉のように広がってほしいと、後輩への励ましの気持ちをかけたものだろう。

「白船のあんな力づよい絵は初めて見た。白船があんな絵を書こうとは思いもよらなかったね」

大きく育った秋田フキを山頭火と一度食べてみたが大味で、食用には適さないようだった。

秋田フキは、建て替えられた現在の其中庵にはほんのわずか残っているだけだが、縞カヤは当時の株が下関市長府の近木家の庭に、いまも細長い葉をいっぱいに広げている。

つきをとぶや蛍くらさを出てとぶや　　黎々火

はがきは命綱

盛り花がおちてゐるコクトオ詩抄　　山頭火

山頭火は黎々火と知り合う前は、下関の方に来ると、本町の商人宿に泊まっていた。

「わたしを知ってからは、タダで泊まれて、タダ酒が飲めて、タダでご飯も食べられて、そのうえ友だちの動静も聞かれるから、それが楽しみだったんだよ」

昭和八（一九三三）年に出会ってからは、九州への旅の行き帰りに長府の近木家に立ち寄るようになった。

最初のころは、黎々火の実父森冨織太が定年退職を機に構えた実家に泊まっていた。近木家から歩いて五分と離れていない、土塀をめぐらした閑静な武家屋敷町にあった。実母ウラは山頭火と同じ明治十五年生まれ。同い年の親近感と息子の先輩俳人ということで、いつも手料理で厚くもてなしていた。

実家には五右衛門風呂があり、山頭火が来るとまず風呂に案内する。浴衣と新しいふんどしを用意して着替えさせ、着ていた襦袢や下着は洗濯して破れを繕ってやる。出立するときは握り飯にたばこ銭、市街電車の切符を渡したり、行乞でいただいた米があれば買い上げてお布施に代えて持たせるのだった。すべてウラがしていた。

山頭火が何より喜んだのは、井戸水だった。実家は小高い土地にあるため井戸が深く、夏でも冷たい水が出た。山頭火は来る度に地下足袋のまま裏手にまわり、屋根のついた井戸から水を汲み上げるや、釣瓶に口をつけてゴクゴクとうまそうに飲んでいた。

けふは大嶺からここまで歩いてきましたが、歩けるだけ歩いて泊まります、明日は小月行乞、それからまた御地行乞、という訳で、明一日夕方五時頃にお訪ねいたします、

炭車が空を（大嶺索道）山のみどりからみどりへ　　山生

昭和八年八月三十一日付の山頭火のはがきを受け取った黎々火は、その日、用事をすませてまっすぐに家路を急いだ。いつも山頭火は其中庵のある小郡駅から一駅か二駅汽車に乗り、あとは行乞をしながら歩き、米や小銭をもらっては楠町船木あたりの木賃宿で一泊するのが習慣だった。それから小月町まで来ると安心するのか、溜まったお金で一杯やり、山陽道の江下に

かけての松並木を抜けて長府へやって来た。

現在の国道二号線はまだ砂浜で波が打ち寄せていて、海岸と田圃の間を旧国道が通っていた。いつも山頭火は旧国道を歩いてやって来る。黎々火が自宅近くの路地にさしかかったとき、所在なげにブラブラしている山頭火に出くわした。黎々火の帰りを待って、時間をつぶしていたのだ。山頭火の顔にホッとしたような笑みが浮かんだ。というのは、初めて来たときに家に上がると織太しかいなかったことがあった。

「うちのおやじは下戸だから、酒の相手が出来ない。二人で向かい合っても話の接ぎ穂がないわね。山頭火は『層雲』の仲間とはよくしゃべるけど、知らない人や初対面の人と接するときは、ぎこちなかったからね」

織太と二人だけで話がなく気詰まりだったのか、それ以来、黎々火が帰るまで外で待つようになった。

「堅いあいさつが苦手だったね」

ウラのもてなしにも「ありがとう」と言ったことは一度もなかった。普通なら憎らしく思うところだが、「邪気はひとつもないんだよ。照れ笑いしながら、たばこ銭やお布施を受け取っている山頭火を見ると、可愛くて何とかしてやりたいという気持ちを起こさせるんだよ」。

風呂から上がると、客間で一杯飲みながら食事をする。山頭火は好き嫌いはなく、ウラの手料理を美味しいと言って箸をはこんでいた。山頭火が背にした床の間には、ウラの琴がたてかけてあった。

琴がならべてある涼しい風

山頭火も下戸に近い黎々火を相手では、樹明と飲んでいるときとは雰囲気が違うのか、酔っ払ったりしない。眠る前のひととき、レコードを聞くのも楽しみだった。「千曲川旅情のうた」(島崎藤村作詞、広田龍太郎作曲)や、ジャン・コクトーが自分の詩を吹き込んだレコードに聞き惚れる。二人ともコクトーが好きだった。

「私に何か向きそうな読み物はありますまいか」と山頭火は書棚を見ている。『コクトオ詩抄』(ジャン・コクトー著、堀口大学訳)はたいそう気に入ったのか何度も借りていった。コクトーの多才ぶりがふんだんにみられる楽しい本で、旅の宿で読んでいたらしい。昭和十年十月初めに届いたはがきに、「今月はどういふ訳か、「層雲」が来ないのです、一日だけ――間違いなく一日だけ――借して下さい」と書いた末尾に「コクトオは才人ですね」と一行記されている。

黎々火に届いたはがきの数は八年間で一五〇余通。山頭火は「はがき魔」だった。厖大な枚数を残している。そのほか、『定本山頭火全集第七巻』(春陽堂書店、一九七三年刊)に収められたものだけでも一二六八通ある。その中では、木村緑平に宛てたものが最も多く、四六七通。その半分以上が金の無心だったという。次いで近木黎々火。ほかに紛失、焼失したものなどを含めると、その数は計り知れないだろう。

山頭火にとってはがきは、いまでいえば電話の代わりで、手早い会話の手段なのだ。庵にいて、郵便屋さんと掛け取り人だけにしか会えない日がつづくと人恋しさが募ってくる。「今日の夕方はさみしかつた、ひとが恋しかつた、誰か来ないかなあ」と日記に思いをつらねている。

山頭火より黎々火に送られたはがきの一部

お金が入ると何よりも先に、一枚一銭五厘のはがきを買った。必要に迫られて便りを出すというより、返事欲しさに書くようなものだった。毎日、坂を登ってくる郵便配達人の足音に耳をそばだてる。返信は友との唯一の絆であり、山頭火の孤独な暮らしを慰めた。殊に、貧窮をしのげず、はがきでSOSを発して送金を待つときには、返事はまさに命綱だった。

「今日も郵便が来ない、さびしいなあ」「何もかもなくなる、SOSの反響はない」。行乞するのは嫌で、待つだけの山頭火にはがきは欠かせないものだった。「いまの時代に生きていたら、電話魔になっていただろうよ。ただし、料金を払わなくていいならね」。そう言う圭之介は、山頭火のはがきや書簡を二冊のファイルブックに収めて大切に保管している。

不思議なことは緑平や黎々火だけでなく、交流のあった人々はだれもが、山頭火の書簡類や揮毫したものだけでなく、書き損じの半切や、其中庵の壁に貼ってあった「威張るべからず、気取るべからず、鬱ぐべからず……」などと書きつづった「掟」の壁紙、そして「ちょっと外出します」と郵便受けに貼ったメモ紙までも、捨てないで大切にしまっているのだ。

「山頭火の人間性だろうね」と圭之介は言う。「子どもがビー玉を集めて宝物にしているようなものでしょうな」。偉大な師、荻原井泉水の書簡でも全部は保存していないというのに、だ。

黎々火にとって、三十も年上の山頭火は俳句の先輩には違いないが、むしろこころを開いて何でも話せるおやじであり兄貴だった。いつも大方は山頭火がしゃべっていたが、どんなにくだらない話でも楽しくて興味をそそられ、充分に時を満たしてくれた。いま思い起すと、山頭火の話術は文学的で、語彙も表現力もすぐれていた。短篇小説のように聞く人を惹きつける構成力があり、周りの大人たちにはない自由な匂いがして、黎々火にはたまらない魅力だった。

「わたしも、ものに拘束されるのが嫌いな性で、山頭火の生き方がうらやましくて、いいなと思っていた。山頭火と付き合うことでいろいろな話が出てくるので、体験出来ないことが聞かれ興味があったね。自分に出来ないようなことを実践する山頭火に、憧れがあったんだろう

山頭火（左）と黎々火（近木圭之介撮影）

ね」

山頭火の句は、その生き方があって光る。人生観や心模様が吐露されて、生き方とオーバーラップする。装わず、偽らず、飾りがなく、いわゆる「うそ偽り」がないのだ。山頭火の句作の根元を知る二つの言葉がある。

詩人は吃がよい、訥々としてうたふのがよい。
舌の長い唇の薄いのはいやだ。
おしやべりに悪人もなからうが
ホンモノもあるまい。

俳句は、私の俳句は悲鳴ぢやない、怒号ぢやない、欠伸でもなければ溜息でもない、それはすこやかな呼吸である、おだやかな脈搏である。

「山頭火の句にはリズムがある。あれを読むと自分でも簡単にできそうに思うが、とてもそんなもんじゃない。山頭火は人に見せようと作るのではなく、生地のままのこころを詠んでいるから真似できないんだよ」

読めば読むほど、時間が経てば経つほど、だんだん味わいが深くなるという。それは俳句だけでなく、書簡も同じだった。決まり文句や美辞麗句ではない、地の言葉でつづられているからだ。

「だからこそ、受け取った人々の中で、山頭火の分身のようにいまも息づいているんじゃないのかな」と圭之介は思っている。

ひざにきた月をひらひらうちわ使つている　　黎々火

うしろ姿を写す

雲の如く行き
水の如く歩み
風の如く去る

一切空　　山頭火

「お天気が悪かつたり、友達が来たりしておくれましたが、いよ〳〵明後日——四日の夕方にはお訪ねすることが出来ませう、いづれお目にかかつた上で、—— 六月二日　山頭火」

昭和八（一九三三）年六月四日、其中庵から九州へ向かう旅の途中で、山頭火は長府の黎々火の実家に初めて一泊した。翌朝、黎々火は長府の神社仏閣を案内しようと、蛇腹の写真機と三脚を持って家を出た。

長府藩三代藩主毛利綱元が開いた覚苑寺、幕末の長州藩士高杉晋作が倒幕に向けて決起した

功山寺、長門国分寺跡などふたりで見てまわった。笑山寺では脇を流れる壇具川の水音が聞こえ、水の好きな山頭火は

水音の山門をくゞる水音

と詠んでいる。

昼近く豊浦小学校裏の川べりに格好の石があったので、山頭火をそれに腰かけさせて最初の一枚を写真機に収めた。この後、昼食をとりに実家へ向かう。「正午すぎ。わが家ちかく戻ったとき、右側に並ぶ山頭火の笠、いかつい肩に、ふっとうしろ姿を写したい衝動にかられた」と圭之介は平成二年七月号の「層雲」に、その瞬間を記している。

壇具川川べり（下関市長府）

「あんたの写真、前から写したものしかないから、いっぺん後ろから撮ろうじゃないですか」

と気やすく声をかけた。すると、山頭火は「後ろを？　ハハハ」と照れ笑いしながら、道の真ん中でくるっと背を向け、足を揃えて立った。だが、直立不動ではどうにも絵にならないのだ。

「それじゃあ歩く感じがでないから、片方の足を少し前に出して、そうそう……」

そんなふうに注文をつけながら写真機を三脚に据え、露出六〇分の一、ピントは蛇腹を伸び

縮みさせて合わせる。フィルムはパック入り。もし、そのとき山頭火が「後ろなんか――」と嫌な顔をしていたら、うしろ姿の写真はなかっただろう。山頭火には何でも言える親しさがあった。もともと「層雲」は「みんな平等」の精神があり、年上や先輩にも気楽に付き合える雰囲気があったのだ。

実家に帰り着いてからは、門前に立って行乞するポーズを撮り、池に面した縁側では自動シャッター任せに二人並んで収まった。その日、合わせて四枚写した。うしろ姿の一枚は黎々火の予想以上の出来で、網代笠をかぶり僧衣をまとった全身をとらえ、北側を向いていたため足元から右斜め前に小さな影がくっきりと写って、味わいがあった。

笑山寺（下関市長府）

ただ、よく見ると、蛇腹に穴があいていたのか光線が入り、左袂のあたりが白く光っている。右手には久保白船居に生えていた棕櫚竹で作った拄杖《しゅじょう》を持ち、足は地下足袋、腰に巻いた柳行李には肌着や飯などを入れ、首に巻いて背負ったふろしきには句帳に筆、読みさしの本、そして十歳のときに自殺した母の位牌。胸元に下げた頭陀袋には鉄鉢を入れた、いつもの山頭火の旅の姿だった。
昼食をすませて、黎々火に見送られて九州へ発った山頭火は、福岡県戸畑（現・北九州市戸畑）の俳友宅で一泊。その夜に書いた礼状が早々に黎々火に届く。

たいへんお世話になりました、おかげで一生忘れることのできない一日一夜を生きることができました、明日は八幡へ、それから糸田へ、

松が二本、国分寺跡といふ芋畑

六月五日の『其中日記』を見ると、「朝、黎々火君と散歩する、長府は気品のある地である、さすがに士族町である、朝早く、または月の夜逍遥するにふさわしい、しづかで、しんみりしてゐて、おちついた気分になる。覚苑寺、功山寺、忌宮、等々の辺りをそゞろあるきする、青葉若葉、水色水声、あざやかでなつかしい。心づくしの御馳走遠慮なくよばれる、ひきとめられるのをふりきつてお暇した。行乞米を下さいといつてお布施を下さる、写真をとつてもらふ（筆者傍点）、端書、巻煙草、電車切符を頂戴する、――何から何までありがたい、黎々火居は家も人もみんなよかつた」と、初めて泊まった黎々火居がたいそう気に入った様子がくわしく書いてある。うしろ姿については「写真をとつてもらふ」とだけ記されていた。

余談になるが、はがきに添えた句「松が二本――」が、日記では「三本」に書き直されている。山頭火の勘違いなのか意識的なのか定かではないが、「二本は見たままの印象だろうし、句としても二本の方がいいと思うが……」と圭之介は、なぜ一本多くなったかわからないと言う。

黎々火居から九州へ旅立ったわずか五日後、「北九州をあるきまはりましたが、心身不調で、いそいで帰庵いたします」とはがきが届く。心配になった黎々火は、日曜日を待って其中庵を訪ねた。

鉄鉢を持つ山頭火（近木圭之介撮影）

だが、「ようきちゃったのう」と迎えた山頭火は顔色もよく、メガネの奥のクルリとした目が笑っている。黎々火は安心して、長府で写した山頭火のうしろ姿を含む四枚の写真を渡した。山頭火は「ほうほう」とながめていたが、さして関心は示さなかった。黎々火は焼き増して持っていった写真の中の二枚にサインを頼むと、左下に万年筆で「山頭火」と書いてくれた。

その日、山頭火に渡した写真は、四枚とも遺品の中にはなく、行方がしれない。昭和九年十二月十二日の日記に「身辺整理、必要な物以外は身辺に置かないのが私の持前だ、古い手紙やハガキを燃やして湯を沸かす！」山頭火である。受け取った手紙やはがきなどと一緒に、かまどの焚き付けにでも使ったのだろうか。

山頭火を長府の町に案内したとき、気軽に撮ったうしろ姿が、後年これほど貴重な一枚になろうとは、そのときの黎々火は想像もしなかった。うしろ姿の写真が、撮影の一年半も前に詠まれた

うしろ姿のしぐれてゆくか

の句と合体されて注目を浴び始めたのは四十数年後のことだ。

昭和五十三年、雑誌「太陽」（平凡社刊）九月号に「流離漂泊の人たち」と銘打った蕪村・一茶・放哉・山頭火の特集で、うしろ姿の写真と俳句を見開きに紹介し、一対であるかのように取り上げられたのがきっかけだった。自ら撮影した一枚が句とともに世間に広まっていくさまを、圭之介は驚きの目で追ってきた。

「編集者が写真と句をそれらしく並べたのだろうよ。でも、山頭火の代表作でもなかった句

がそれで有名になり、山頭火といえばうしろ姿の写真と言われるようになっていったんだよ」

当時の山頭火は「層雲」を離れれば無名の俳人で、世間が句と写真の価値を一緒に高めてくれたようなものだった。

「うしろ姿」の句は昭和六年十二月二十七日、熊本にも落ち着けず再び旅に出て、福岡県の太宰府近くに来たとき詠んだもので、前日の日記によると「気分も重く足も重い、仏罰人罰、誰を怨むでもない、自分の愚劣に泣け、泣け」の心境で、翌二十七日は雨の中を九時から三時まで行乞し「さんぐ〳〵雨に濡れて参拝して帰宿した」とある。

この句は「層雲」昭和七年一月号に掲載された。山頭火自身「自嘲」と前書きしているように、本人はあまり好きな句ではなかったらしく、半切・色紙類に一枚も書いていない。これを見ると山頭火の自信作ではなかったようだ。

「句に合わせて写したのかと聞かれることもあったなあ」

圭之介は掲載された年の秋に「層雲」に入会しており、「うしろ姿――」の句があることはまったく知らなかった。太宰府で同時に作ったしぐれの句は他に三句。

しぐれて反橋二つ渡る
右近の橘の実のしぐるゝや

大樟も私も犬もしぐれつゝ

写真は「層雲」一門をも驚かせた。昭和五十六年、東京で生誕百周年記念の「種田山頭火展」が開かれ、会場入り口に等身大のうしろ姿の写真が据えられたときのこと、「こんな写真があるはずがない。だれかが扮装してるんだろう」といぶかる同人がいたという。そんな衝撃のネガは、いまも圭之介の手元にある。七十年近くネガが保存されていたことも、奇跡に近い。

鴉よ　かれ独りのときのうしろ姿をおもえ　　黎々火

其中大衆

柚子をもぐ朝雲の晴れてゆく　　　山頭火

山頭火がふるさとに近い山口県小郡町矢足の其中庵に結庵したのは、昭和七（一九三二）年九月二十日。其中庵に落ち着くまでの山頭火は、自由律俳句グループ「層雲」の中だけの存在で、一般にはほとんど知られていなかった。逆に、かつての大地主で没落した種田家の長男正一を知る人たちは、あまり良い印象をもっておらず「関わりたくない」といった雰囲気の方が強かった。

それが少し見直されたきっかけは、結庵して一年余りがたった昭和八年十一月三日の明治節（現・文化の日）の前日に、「層雲」の主宰者・荻原井泉水を招いて講演会が開かれてからだ。井泉水はそのころ東京から西下しながら、岡山―倉敷―広島と山陽道の層雲支部の句会に出席し、中国地方を巡っていた。

講演会は、放浪の長旅に疲れて草鞋を脱いだ山頭火を励まそうと、庵の世話人である国森樹明らが奔走して準備。県立小郡農学校を会場とし、地元住民にも来場を呼びかけた。

山頭火の喜びようは相当なもので、十月に入ると、「来月二日井師（井泉水）来小の予定、泊まりがけで来て下さい」。「井師は十一月二日午後来小、講演会、晩餐会、そして座談会（十一月の層雲誌上、前月句抄を議題として）、三日は朝から庵の裏山で松茸狩、午餐を共にしてから散会の予定」などとしたためた便りが、つぎからつぎへと黎々火に届いた。

その中には、同人たちの役割分担についての連絡もあった。出迎え・講演会の担当は地元の樹明と伊東敬治、晩餐会・俳壇会は久保白船、起床・松茸狩・会食は大山澄太、黎々火の担当は九州への井泉水の見送りだった。

十一月一日、黎々火はカーネーション六本、樹明は酒を持って其中庵を訪ねた。その日、糸田村の木村緑平から為替が届き、みんなで買物に出かける。まさに至福のときを過ごした山頭火は『其中日記』に「いそがしくてうれしい、うれしくていそがしい」と書き残している。

その夜、黎々火は庵に泊まる。客蒲団はない。いつものように山頭火との一つ寝だった。寝相のよい山頭火はいびきもかかず、狭い寝床でも苦にならなかった。のちに聞いた話では、黎々火以外の人が泊まると、山頭火は一晩中起きていたり、体ですきま風をふさいで障子戸の前に座っていたりしたらしい。

二日、井泉水は広島から大山澄太・横畑黙壺《もっこ》と同行し、徳山から久保白船と乗り合わせて小郡駅に着いた。其中庵の坂道を登っていくと、山頭火が待ちきれずに山の方から下りて来る。「どうです、好いところでしょうがな。ここらの藪の中には椿がたくさん咲きます」と、山頭火は歩きながら庵の暮らしを自賛した。井泉水はちょうど四年前の昭和四年十一月三日、熊本の阿蘇山の麓で行乞中の山頭火と会って以来だった。「再び逢う折があらうかとさへ思はれたが、今日の彼はなかく〵元気なので嬉しい」と、「層雲」九年二月号に書いている。同号に井泉水は「其中庵訪問」と題して詠んだ一四句を掲載。

此のみち鉢の子手にしての野菊であらうを　　井泉水
これだけで茶は足りるといふ茶の木の花
だんだん畑の雲が白くて柿の老木

講演会で井泉水は「作る事」と題して講話。その中で山頭火についてこんな話をした。「自由律俳句を代表する俳人であり、選者を任されるほどの人だ。長く厳しい行乞行脚の旅を経てこのたび小郡に縁あって結庵しました」

師のほめ言葉を聞いた住民たちは「山頭火ちゃ、あんな乞食のような風体をしとるけど、本当は偉い人なんだなあ」と知る。其中庵の主は株を上げ、周囲の人たちの様子が少しずつ変わっていったという。

講演会も盛会のうちに終わり、夜は井師歓迎の晩餐会が町内の旅館であった。引き続き山頭火を中心に俳壇会を開く予定になっていた。ところが、山頭火は井泉水の来訪がうれしいあまり、酒を飲みすぎて正体を失っている。会の主人が不在では話にならず、俳壇会は流会になったのだった。

井泉水は「層雲」十二月号にその日の模様を次のように書いている。「此の夜は役者も揃つてゐる事だから、此座談会の記事を層雲に載せるに、筆記を取らうと思つたが、山頭火はうれしいとて大に酔うたとて倒れてしまひ、幹事の樹明も亦、酔つてしまつたらしく、何が俳壇会やらトント解らず、遂に漫談妄語となつて、たゞみんなが和気藹々と楽しく幕――といふことになつたのも、考へ様に依ては面白い事かも知れないのである」。主人である山頭火の喜びを、みんなで喜ぶ同人たちの温かさが伝わってくる。

講演会といえば、圭之介にとって忘れられない思い出がもうひとつあった。翌三日のこと、同人たちは其中庵に集まった。七輪、鍋、皿小鉢などすべて宿から運び、手伝いの女性もついてきて用意は万端だ。午餐の前に、井泉水は山頭火の用意していた掛け軸に揮毫し、弟子たちが代わる代わる署名した。

その二週間ほど前の十月二十一日、行乞から帰った山頭火からこんな手紙が届いた。「これは我儘なお願ひですが、もしその日までに下関にお出かけのやうでしたら、小形無地掛軸壱本買つてきていただけますまいか、井師来庵を機として、来庵者の署名をして貰ひたいのです、（私が生きてゐる限り）これは私の宿望でした」

折り返し黎々火は、どんな掛け軸か問い合せると、「掛軸は安いものほど結構です、形は角形、むしろ横長形がおもしろいのですが、既製品には長形しかありませんでせう」との返事だった。山頭火はいちおう金の余裕のあるとき、ついでがあれば、と断っているものの、来月三日までには欲しいと気持ちは急《せ》いている。

山頭火は一生一度きりになるかもしれない師匠の来訪を記念して、其中庵に参集した同人に寄せ書きをしてもらおうと思い立ったのである。黎々火は、山頭火が行乞途上、下関市岬之町の店で見かけたという掛け軸を買い求め、其中庵へ行ったのだ。

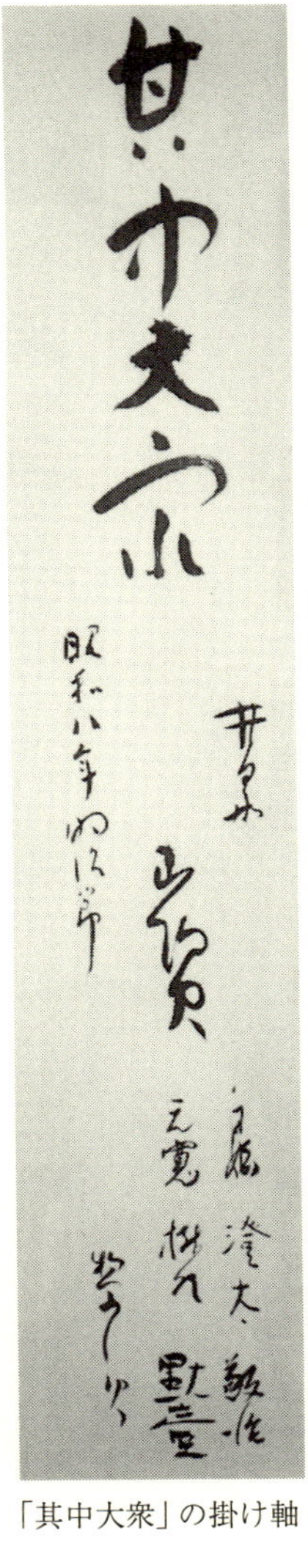

「其中大衆」の掛け軸

井泉水はまずその掛け軸に「其中大衆　昭和八年明治節」と揮毫し、署名した。その場に合った言葉を即座に創りだす才能をもった井泉水は「其中庵に大勢の人が集まった」という意を「其中大衆」に表現した。

庵には、井泉水が結庵を祝い書き贈った「其中一人」の扁額が掛けてあり、それに呼応して対にした言葉でもあった。扁額は、井泉水が書き贈っては山頭火が気前よく人に与えたり、酒代に変身したりして、また揮毫を頼む、その繰り返しだったらしい。

「其中大衆」の掛け軸には、井泉水につづいて山頭火、久保白船、大山澄太、伊東敬治、熊本の石原元寛、国森樹明、横畑黙壺がつぎつぎと署名し、しんがりは黎々火だった。満足げに掛け軸を眺めていた山頭火は、墨が乾くのを待って丁寧に巻き納めた。

午餐は、裏山で朝採った松茸をさかなに、別れの宴は盛り上がる。山頭火は井師をもてなすため、前日から柚子味噌を作って用意していた。ところが、うれしさのあまり、それを七輪にかけていたことを忘れて焦がしてしまう。網の上の松茸も真っ黒だった。井泉水は、それがいかにも山頭火らしいと笑いながら、

何もかもうれしくて抽釜のこげすぎてゐる　　井泉水

と一句詠んでみせた。

前夜の句会は山頭火が酔っ払って流会したものの、久しぶりに会った井師と同人たちは親交を深め、正午ごろ無事に二日間の日程を終えた。宴が終わると、「お世話になりました」「また会いましょう」とあいさつが飛び交い、山頭火も上機嫌で「今日は何とも好い日です。それに水入らずで実に好い日です」と真っ赤な顔をしてだれかれとなく握手をしたり、肩を抱き合ったりしている。

そのとき横に座っていた黎々火に「これ、あんたにあげる」と、山頭火は大事そうに抱えていた掛け軸を手に握らせた。「えっ！」それは先程、みんなに署名して貰ったばかりの掛け軸ではないか。驚いて山頭火を見ると、もうだれかれと話ながら屈託なく大笑いしていた。

『（私が生きている限り）これが私の宿望』と手紙に書いてきたほどの掛け軸を、出来上がったばかりのその日に『あげる』だなんて。びっくりして、戸惑ったけれど、わたしがもらわなければ他の人にあげるだろうと思い直し、受け取ったけれど。物に執着しない括淡さ、山頭火はそんな男だったんだよ」

その後山頭火は掛け軸について、一度も黎々火に尋ねることはなかったという。

豆腐を皿に　草へかぜがゆく其中で　　黎々火

荻原井泉水

吾妹子《わぎもこ》の肌なまめかしなつの蝶　　山頭火

駄作も多い山頭火の約三万に及ぶ句の中から、秀句を選び出したのは師匠の荻原井泉水だった。

「選句眼は天下一品だった。天才だね。井泉水がいなかったら、いまの山頭火も放哉もいなかったろうよ」と、圭之介は井泉水ぬきに山頭火は語れないと言う。

井泉水の主宰する句誌「層雲」に載った復帰後の山頭火の句は、わずか五七〇句。「層雲」を引き継いで誌名を改めた「層雲自由律」の編集者・伊藤完吾は、井泉水から選句についてこう聞いている。「砕け過ぎや凝り過ぎたものではない、さらりとした句を採った、と言います。山頭火をそういう作家に育てたかったと思う」

昭和七年、山頭火が第一句集『鉢の子』を発刊する際、井泉水は「層雲」の雑記欄に「誰もが其を愛誦する余り、一句残らず暗記してしまふやうなものを作りたいと思つてゐる」と書いて紹介した。句集はその年六月に八八句を収めて発刊された。

荻原井泉水は明治十七年六月、東京生まれ、本名藤吉。山頭火より一歳半年下。麻布中学在学中に俳句を始め、旧制一高時代には「一高俳句会」を再興。明治四十一年に東京帝大言語学科を卒業。当時は明治末期で、あるがままの現実を描写しようとするフランスの自然主義が伝わり、文学や演劇、絵画界などに新しい風が吹いていた。

こうした風に共鳴した井泉水は、外国文芸も含めた新しい文芸主張を、俳句にどうとり入れていくかを考える。明治四十四年四月、河東碧梧桐一門と新傾向俳句の機関誌「層雲」を創刊し、俳句にとどまらずゲーテなど外国文学を翻訳して紹介した。

大正四（一九一五）年に文学上の季題と、リズム構成上の意見の違いから碧梧桐は「層雲」を離れる。井泉水は「季題は無用だが、季節感はあってもいい」と柔軟だったが、碧梧桐は季題に固執したのだった。

井泉水は当時の「層雲」にこう記した。「俳句は季題を離れて作られるやうになつてこそ、本当に成長する。季題は俳句の生きた肉に嵌めた木梏である」。さらに「五七五」の枠をも外し、「自由なリズムを持つ俳句」と表現した。これらの新基軸で有季定型が主流の俳句界に一石を投じ、なかでも「ホトトギス」を主宰する守旧派の高浜虚子を相手に、弱冠二十七歳の井泉水は堂々と論陣を張って一歩も引かなかった。
「層雲」には俳句だけではなく、短歌、詩、随筆、小説、論文や外国文学、それに挿し絵を配した文芸誌をめざし、萩原朔太郎、北原白秋、石川啄木、岡本一平、画家の鈴木信太郎ら俳壇外の人たちと親交を重ねた。
啄木について「層雲」六五〇号記念誌に、第一に付き合った歌人だと紹介している。明治四十四年、井泉水は啄木の生活が苦しいらしいと知ると、早速原稿依頼をする。

何か、かう、書いてみたくなりて、
ペンを取りぬ――
花活の花あたらしき朝。

枕辺の障子あけさせて、
空を見る癖もつけるかな――
長き病に。

啄木

「或る日の歌」十一首で、短歌を三行に表現し短歌革新を試みている。「層雲」に載せて原稿料五円を送ってやると、啄木は「自分の短歌がカネになったのは臍の緒を切ってはじめてだ」と大喜びしたという。「今日の短歌界はダメだ、一つ革新を起こそうとおもっている。あなたが俳句界革新に乗り出した気持はわかる」と書いてよこした啄木だったが、望み果たせぬまま、翌年二十六歳で夭折した。

井泉水は才能を見る目は確かで、厳しさもあるが面倒見もよかった。

山頭火が「層雲」に入会したきっかけは定かではないが、旧制山口中学校からの文学仲間、白船に触発されたのは間違いないだろう。白船は井泉水らの「層雲」創設の呼びかけに応じて入会している。山頭火といえばそのころ短歌の同人誌を発行したり、〝田螺公《でんらこう》〟の俳号で定型俳句を作り文学へ熱い情熱を燃やしていた。中央の自然主義文学の新しい動きに、山頭火も無関心であるはずがない。地方の文学青年たちの関心は高く、中央の動きに敏感だった。

「中学時代から俳句に親しんでいた山頭火が、明治末期に起きた新傾向俳句運動に関心をもっていたのは当然でしょう」と伊藤完吾は言う。山頭火が「層雲」会員になったのは大正二年で、白船はすでに選者になっていた。

山頭火の作品は、同年の「層雲」三月号に初めて載った。

窓に迫る巨船あり河豚鍋の宿

俳号は田螺公を使い、山頭火を名乗るのは五月からだ。

「層雲」の草創期（明治末―大正初期）、山口県の周防部は「新傾向俳句のメッカ」といわれ、俳人を多く輩出していた。なかでも佐合島（のちに徳島へ移る）の久保白船、田布施《たぶせ》の江良碧松、そして防府の種田山頭火が加わり、「層雲の周防三羽ガラス」と呼ばれていた。三人は深く交流して句を投じ合い、「層雲」会員たちの注目を浴びていた。

山頭火の入会当初、井泉水が才能を認めたのは俳句ではなく、エピグラム（警句）の書き手としてだった。山頭火は「層雲」に発表される井泉水のエピグラムに刺激をうけ、自らも作り始める。翌年の大正三年二月号には、二ページを割いて山頭火のエピグラムが掲載された。

○死は生の終局であるが、生の解決ではない。生を解決するものは生夫れ自身である
○欠伸をしても、涙は出るものである
○酒は人を狂はしめることはできるが、人を救うことは出来ない
○涙に融けないものも汗には融ける
○個性のない人に個性を云々する資格はない！
○妻があり子があり、友があり、財があり、恋があり酒があつて、尚ほ寂しいのは自分というものを持つてゐないからである

など、頭にひらめいたままを毎号書き送った。

そんな山頭火のエピグラムは、若い会員の多い「層雲」で「大変刺激的だ」と受け止められ、人気があった。そのせいか、掲載四、五回目あたりから文字サイズも拡大され、面数も二ページから四ページに倍増した。まだ新人の域を出ないというのに、破格の扱いを受けている。井泉水がエピグラムの担い手として山頭火に期待をかけた証だった。

大正三年十月十七日、山頭火は田布施で開かれた「層雲山口周東大会」で、初めて井泉水と対面する。その夜、防府の旅館では山頭火を中心に地元の会員が集まる椋鳥会が、井泉水を招いて歓迎句会を開いた。「季題がなく、自由なリズムの俳句」の作家を地方に育てたい意欲にあふれる井泉水と、山頭火の話ははずんだ。

この対面をきっかけに、山頭火の新傾向俳句への共感はつよまった。翌年三月十七日付で井泉水にこんな書簡を書き送る。


すべて新しい運動は最初或る個人の自覚から起り、それが個々の自覚となつて初めて意義があり価値があると信じます。俳壇の個人主義――そこから個性ある作品が生れます、そして個性ある作品でなければ力も光もありません。私は漸く句を作る時代を通過して句を生む時代に踏みこんだのであります自由律俳句への共感と昂揚を力づよく投げかけている。

地元の俳人をまとめ「句を生める」域に入った山頭火を、井泉水は「層雲」の核になる男と見込んだのだ。翌五年、山頭火は十人の選者の一人に抜擢される。「層雲」に入会してまだ三年だった。

「井泉水は自らの思想を全国に広めることに力を入れ、各地に選者を置いた。句の上手下手も選者を選ぶポイントだが、まずは指導力があって、みんなに慕われる人物を選んだようだね。自分の補佐役が各地に欲しかったんだろうね」と圭之介は振り返る。

井泉水は「層雲」の担い手となる作家九人を選び、「求心結集」と題した手書きの回覧誌を始める。井泉水も含めた十人の句を載せて郵送し、それぞれが自由に批評・感想・近況などを述べ合う斬新的な試みだった。メンバーには野村朱鱗洞をはじめ芹田鳳車《ほうしゃ》、秋山秋紅蓼《しゅうこうりょう》、白船など、そして入会早々の山頭火も名を列ね、忌憚のない意見が交わされた。

自由詩とは俳句だけにとどまらず、二行詩あるいは四、五行と短い文章を重ねてテーマを深めて行くことも、「層雲」の一つの進む道だった。山頭火は敬愛し一目置いていた四国・松山の野村朱鱗洞《しゅりんどう》から、「私は山頭火氏が時折洩らさる、あの痛々しい内省の叫び、悲痛の哲理を拝見する毎に氏が詩（長詩）を作られたならと常々思ってをります」と大正五年の「求心結集」に書きつける。山頭火は朱鱗洞に俳句よりも長詩の方が向いていると進言され、自分の進むべき道を見出だしつつあった。

野村朱鱗洞は、明治二十六年十一月二十六日、温泉郡素鵞村（現・松山市）に生まれる。少年時代から俳句を始め天才と言われた。十九歳で俳句結社「十六夜吟社」を結成し、二十歳で「海南新聞俳壇」の選者に。二十三歳で「層雲」の選者になる。「俳論の井泉水、作品の朱鱗洞」と「層雲」の二本柱で、井泉水の後継者とだれもが認めていた。「十六夜吟社」には山頭火も寄稿している。大正七年十月三十一日、スペイン風邪で弱冠二十六歳で夭折。

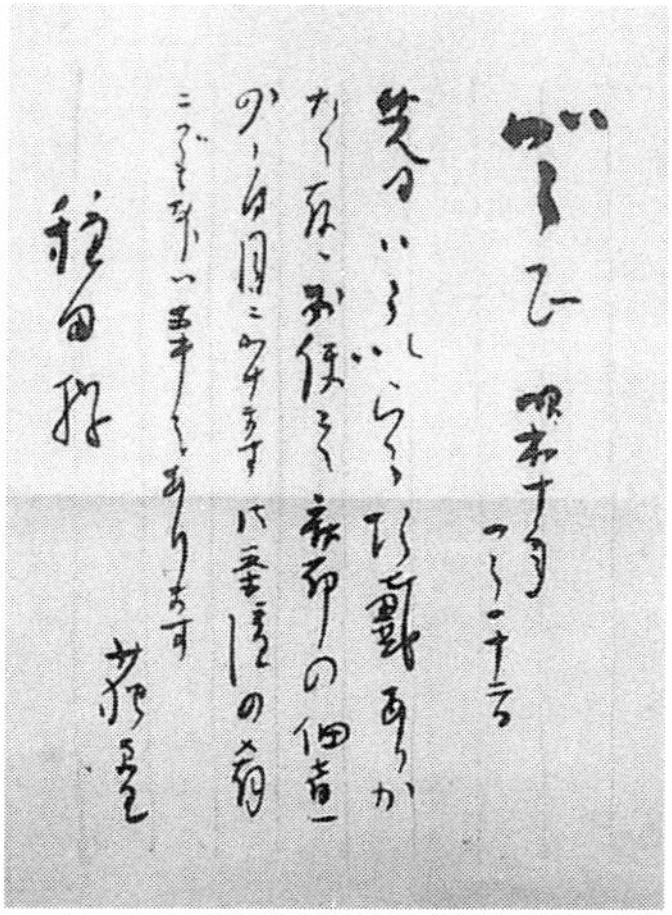

荻原井泉水より山頭火へ宛てた礼状

「層雲」大正五年五月号に作品から受けた作家の印象を、同人のひとりが「空」に譬えて書いている。朱鱗洞は「高く晴れた秋空」、白船は「静かな月夜の空」、山頭火は「雲足迅き風空」に譬え、はげしい情熱をみなぎらせた山頭火の若き日を彷彿として興味深い。

主義主張を貫き、新しい一派を確立した「俳壇の革命児」井泉水には、その私生活でもかたくななほどの几帳面さが見られる。圭之介にはこんな記憶がある。

「健康のために食事制限を決意すると米粒でも数えて食べるような人。夜の句会が盛り上がっていても、十一時になるとぴたりとやめて寝ていたね」

「層雲」事業部にいて井泉水の原稿の清書や校正などをしていた伊藤完吾は、近くで接してきたが、井泉水の前では膝を崩さずに話したという。井泉水が出版社の編集者に原稿を渡すときの様子は、今も目に焼きついている。

「原稿を入れた封筒に各社の名前を書いて、整理箱に積み上げ、必ず玄開口の板の間に座って自ら手渡していましたね」

時間は昼寝をとったあとの午後二時からと、きっちり決めていた。人に会うときは必ず和服に黒足袋だった。「人にも自分にもきびしく、背筋を正した生き方だった」と伊藤は語る。昭和五十一年五月二十日逝去、享年九十三歳。

一派を率いる井泉水と放浪の俳人山頭火。圭之介は言う。

「井泉水は、自分にないものを持つ山頭火の才能を認めていたと思うよ」

古里　石も眠い　　　圭之介

酒の思い出

月が酒がからだいつぱいのよろこび　　山頭火

「山頭火は飲んだくれで、どうしようもない男」と言う人もいるが、圭之介にはそんな記憶はまったくない。

「飲んでも人に絡んだり、悪口を言ったり、そんなことは絶対なかったね。ちょっと度を超すと、寝てしまう酒だった」。絶対という言葉に力が入る。

山頭火自身「私にできる事はたった二つしかない、酒をのむこと、句を作ること」と書いている。心底、酒が好きだったのだ。だが、圭之介の知るかぎりでは、それほどつよくもなかった。四、五合で顔が赤らんできて、その後はろれつが回らなくなる。話が口の中でブツブツ意味不明でも、黎々火が「うん、うん」と相づちを打っていると、いつの間にか眠る酒だった。

酒といえば、いつも樹明がいた。山頭火は赤くなる酒だが、樹明は逆に青くなり、酒量もその比ではなかった。

「樹明も山頭火が小郡に来るまでは、おとなしかったと思うよ。山頭火が酒好きなので一緒に飲めると大喜びして、ほとんど其中庵につかってたんだろうよ」

昭和九年七月七日の土曜日、黎々火は其中庵を訪ねた。庵にはいつものとおり樹明が来ており、農学校で作るソーセージを肴にすでに盛り上がっている。それから黎々火も加わって、ちょうど七月七日にちなみ三人で「七夕の酒宴」と洒落込んだ。いつものように酒も話もはずみ、三人の気炎で天の川も曇りそうな勢いだった。

夜が更けると、自宅の近い樹明は帰り、それからふたりで差しになり残り物を食べながら話していた。突然、山頭火が「あんた、銭はどのくらいあるか、わたしゃこれだけあるが」と、小銭を畳の上に並べた。黎々火は「何を言ってるんだろう」と面食らいながら、有り金をだした。

合わせて一円五〇銭ばかり。それから山頭火は「飲みに行こう」と、小郡駅前まで下り、行きつけの居酒屋へ繰り出した。お金の有るだけ杯を重ね、帰り道はひとりでは歩けない千鳥足の山頭火と、肩を組んで庵に戻った。翌日の『其中日記』には「黎々火君をそゝのかして街を歩く、持つてゐるだけ飲んでしまつた」と書いてある。

翌朝、晴天。山頭火曰く、百度近くありそうな暑い日だった。八時ごろ、日曜日で農学校が休みの樹明が、釣り道具を揃えてやって来た。椹野《ふしの》川へ釣りに行こうと言うのだ。釣り竿、突き網、餌、弁当も三人分作ってきたと言う。汚れてもいいようによれよれのズボンとシャツを着て、野良仕事でもしそうな樹明が立っている。

山頭火は浴衣を尻からげにしてふんどし姿、黎々火も下着にズボン、珍妙な三人組は釣り竿を担いでブラブラと椹野川に沿って下る。途中でコップ酒を買って飲んだり、くだらない話に笑い転げながら、山頭火も上機嫌で与太話をしてふざけている。

河口に着くなり「暑い、暑い」と山頭火と樹明は裸になり、突き網を持って二間ほどの高さの土手を駆け下りていった。ふたりは川へ入ると、魚を突いてみたり、潜ってみたり、泳いだり、笑い声を立てながら水をかけ合って、子どものようにはしゃいでいる。山頭火はふるさとの佐波《さば》川で育ち、泳ぎは達者なのだ。黎々火はというと泳げないので、土手の上に座り、荷物の番をしながら、ふたりが楽しそうに遊んでいるのをずーっと眺めていたのだった。

その日の収穫は、本命のハゼは釣れなくて、エビが少々。庵に持って帰って食べたのか、黎々火は覚えていない。ただ、庵に戻った山頭火が庭の木にかけて干していた、濡れたふんどしがひらひら揺れていたのを思い出す。川から濡れたまま、歩いて帰ったのだろうか、まったく記憶にない。

其中庵時代の山頭火は、椹野川の釣り場を樹明に教えられて、たびたび行っていたようだ。

夕食の一品を得るためか、気分転換か、消夏のためか、趣味と実益をかねてじっと釣り糸をたれて獲物を待つ山頭火がいる。昭和十年八月十九日の日記に、「釣は逃避行の上々なるものだ、魚は釣れなくとも句は釣れる、句も釣れないでよい、一竿の風月は天地悠久の生々如々である」。また二十九日に「釣は逃避行の一種として申分ない、そして釣しつつ私は好々爺になりつつあるやうだ、ありがたい」。蜆貝も一時間で五合も採れたという。

酒で思い出すのは、あの日も暑いころだった。其中庵へ行って、また夜中に飲みに出かけた帰りだった。「近道をしよう」と山頭火が言った。田んぼのあぜ道を、倒れないように肩を組んで歩いていたが、足のもつれた山頭火はゴボウ畑の中へ倒れこんだ。そのまま仰向けに寝っ転がるや、気持ちよさそうに眠ってしまった。

ゴボウ畑でブンブンと羽音を立てて襲ってくるヤブ蚊を払いながら、黎々火は山頭火の目が覚めるまで待っていた。酔いで火照った体にヒンヤリとしたゴボウの葉がここちよく、夜空に輝く星がきれいだったことを、いまも鮮やかに覚えている。

またある日、仕事帰りに下関で待ち合わせた。山頭火は下関市に住む弁護士で俳人の兼崎地《じ》橙孫《とうそん》を黎々火に紹介したいと、ふたりで訪ねたことがあった。地橙孫は、熊本市の旧制五高(現・熊本大学)在学中の大正三年から、学友らと「白川及新市街」という俳句雑誌を発行していた。山頭火より八歳年下だが、当時すでに新傾向俳人としての地位を確立していた。種田酒造場が倒産して山頭火が熊本に逃げのびたとき、頼った俳友がこの人だといわれている。大正九年に京都帝大法科へ入学のため熊本を離れ、卒業後は下関で弁護士事務所を開業していた。

黎々火の見るところ、山頭火は地橙孫に頭が上がらないようで、言葉づかいも態度も崩さず礼儀正しく接していた。夕飯どきにお茶だけで話すのは、この人以外には知らない。山頭火も相手が酒好き女好きの場合と、黎々火のように酒の飲めない人間や、生活態度に一言もつ地橙孫や白船などと話すときは、それなりの対応をわきまえていたように思う。

地橙孫居からの帰り山頭火は「まず酒が飲みたい」と、我慢の緒が切れたように酒を欲しがり、居酒屋へ飛び込んだ。一杯二杯とはじめは上機嫌でしゃべっていた山頭火も、しだいに酔いが回り、わけのわからないことをつぶやき始めた。時間も遅くなった。長府町の黎々火の自宅に向かうため、正体を失った山頭火を促して店を出ると、何とか長府駅前行きの市街電車の最終に間に合った。

車内は空いていたが、僧衣姿の酔っ払いと背広の青年の組み合せが珍しいのか、乗客の視線が集まって、黎々火は身の置きどころがなかった。山頭火は極楽浄土を謳歌するように、気持ちよさそうに座席にもたれて寝込んでいる。最寄り駅の鳥居前から自宅まで二〇分、ここでも肩を組んで歩いたのも懐かしい思い出だった。

「山頭火と酒」について、のちに圭之介はつぎのように書いている。

山頭火にいささか取り澄ました酒談義がある。「何物をも酒に代へて悔いることのない人が酒徒である。求むるところなくして酒に遊ぶ、これを酒仙といふ」彼は酒徒にちがいない。酒豪のように思われるむきもあるが決してそうではない。彼の後先のない酒、脱線ぶりがそう思わせるだけだ。酒に酔い痴《し》れるところの山頭火の口をついて出る方言、それは俗人の酔っぱらいとなんら変わるところはない。五十歳以前の山頭火の酒については、私は知らない。（「朝日新聞」昭和五十六年二月二十二日）

大正四年、「層雲」に入会したころの山頭火のエピグラムには、酒に関する言葉が多々ある。歳は三十二歳、酒に溺れ始め、酒造場倒産の前半の作。

○泣いて飲むな、笑うて飲め。独りで飲むな、肩を並べて飲め。飲んでも飲んでも酔ひ得ないやうな酒を飲むな、味ふうちに酔ふやうな酒を飲め。苦い酒を飲むな、甘い酒を飲め

こぼさずつきのかげのさかずきでこそ　黎々火

温泉が好き

さびしうなりあつい湯に入る　　山頭火

山頭火の日記には「温泉」は幸せの象徴のように登場する。「入浴は趣味、心身の保養」そして「極楽浄土」と言うほど、山頭火は温泉が大好きだった。結庵する際にも、場所を選定する条件の一つに「温泉はほんたうにいい、私はどうでも温泉所在地に草庵を結びたい」と、「温泉場」を挙げたほどだ。

候補地になった佐賀県の嬉野温泉や山口県の川棚温泉では結庵は断念したものの、其中庵は湯田温泉に近い小郡町に結んでいる。そしてつぎは湯田温泉の風来居、最後は四国松山の道後温泉に近い一草庵と、いつも温泉に浸って手足を伸ばしている山頭火がいる。

なぜ温泉を好むかについて、昭和十一年の『旅日記』で山頭火はこう明かしている。「私が温泉を好むのは、いはゆる湯治のためでもなく、遊興のためでもない、あふれる熱い湯に浸つて、手足をのびく伸ばして、とうぜんたる気分になりたいからである」。またこうも書く。

「私は湯が好き、温泉浴を何よりも好いてゐる、うれしい時、かなしい時、さびしい時、腹が立つた時、むしやくしやする時、私は温泉へはいる、――私がしばく湯田へ行くゆえんである」

「山頭火は俳人にならなかったら、温泉研究家になったかもしれんな」と圭之介は冗談まじりに言う。

そんな風呂好きの山頭火だから、其中庵に風呂を作るのが夢だった。昭和八年十二月に発刊した第二句集『草木塔』の売上げを貯めて、その費用に充てようと考えていた。翌年の五月五日付「此夏は野風呂ができますから、湯あがりのヤツコをたべませう」と夢ふくらませた便りが黎々火の元に届いたけれど、野風呂計画は日の目を見ることはなかった。

「パラパラ入ってくる句集代は、猫に鰹節。みんな彼の腹の中に納まってしまったよ」と圭之介は笑う。

山頭火自身も昭和九年七月二十五日の日記に「去年は蒲団を飲み、今年は風呂を食べた」と苦笑している。庵で一浴一杯の夢は消えた。もともと計画を立てて貯金のできる男ではない。

貯金といえば日記の中で、昭和七年に「貯金を始める、毎月一円」。さらに昭和十年には「私は今日から郵便貯金を始めた、一日十銭を節約するのである（バットをなでしこに、酒三合を二合にといふ風に）、そしてそれは私の死骸のかたづけ代となるのである」と殊勝なことを書いている。山頭火のことだから口ばっかりの思いつきだろうと、私は一笑に付していた。

ところが後日、昭和二十七年「層雲」十二月号に荻原井泉水が「山頭火祭の日」と題して、山頭火の十三回忌に一草庵を訪ねたときの一文があり、その一節に「『郵便貯金通帳』も遺物の一つである。開いてみると『三圓』預入れて『二圓』引出してある。残高『一圓』は逓信省に預け放しになっている譯。これは永久に預け放しであろう」とあり、驚いた。残高一円にどうして手をつけなかったのか。死骸かたづけ代には微々たる額だが、「山頭火と郵便貯金」、奇妙な取り合わせである。その後の貯金通帳の行方はわからない。

湯田温泉は其中庵から一二キロと近く、山頭火が湯に浸って楽しんだ様子が、『其中日記』のあちこちにつづられている。「千人風呂に入つて髭を剃る、浴後一杯ひつかけることはわすれない、湯田はよいとこ……千人風呂五銭の享楽！」。「ふと思い立つて山口へ行く、むろん千人風呂に入つた、これが目的の大半だから、……温泉はほんたうによい」などなど。

千人風呂とは、湯田温泉にあった大衆浴場「千人湯」のこと。「温泉はよいなあ。千人風呂は現世浄土だ」とまで山頭火に言わせ、三句を詠んでいる。

ちんぽこもおそそも湧いてあふれる湯

山頭火の死後三十六年経った昭和五十一年十一月、温泉街にこの句を刻んだ碑が建立された。句碑建立のきっかけは、取材に来た一記者の何気ない言葉だった。報告書によると「昭和五十年八月ごろ、当湯田温泉に取材に来た記者が、山頭火の『ちんぽこも――』という湯田温泉で作った句があるが、温泉場にふさわしい句で、大変ユーモラスで面白い。この句を碑にでもして大いに湯田温泉をうりだしたら――」と言ったことが始まりで、「山頭火湯田温泉句碑建立委員会」が発足、募金を集め、翌年十一月に除幕式を迎える。裏話だが、句の受け取り方は人さまざまで、賛否両論でかまびすしかったという。

ほかの二句は、

ま昼ひろくて私ひとりにあふれる湯
ぞんぶんに湧いてあふれる湯をぞんぶんに

湯を無心に楽しむ山頭火が目に浮かぶようだ。

当時、まだ内湯のある家は少なかったが、黎々火の家には五右衛門風呂があったので、山頭火は泊まりに来ると風呂に入るのを楽しみにしていた。黎々火は一度だけ、山頭火を誘って一緒に湯に入ったことがある。

場所は昭和七年に市民の公営娯楽施設として開設された「長府楽園地」（現・神戸製鋼長府製造所）で一万坪の広さのなかに、乃木館、満蒙館、演芸館、そして「大潮湯」があった。「大潮湯」には大浴場と家族湯があり、休息もできた。日曜日の昼間の時間とあって、ふたりの他に入浴客はなく、丸や角型の湯ぶねも広々としている。

黎々火は窓ごしに海をながめていた。満珠と千珠の二島が浮かび、まるで繭のようにふんわりとした感じで美しかった。山頭火を見ると馴れたもので、湯ぶねの中を悠々と泳いでいる。それからくつろいだふたりは、ほっかりと湯の中で首だけ出して並んだ。

「山あれば山を観る」山頭火自筆句碑（下関市長府、長府藩侍屋敷長屋内、デザイン近木圭之介）

「行乞していると、村のガキ君がホイトウホイトウと言うてついて来たり、塩や水をかけられることもある、わやや」とか、「いつか敬治居に泊まったとき、坊っちゃんが、おじさんはホイトウかの、と言ったんでの。ホイトウはおもしろい」と他人事のように感心している。山頭火は淡々と世間話をするように、湯ぶねの中でホイトウ談義がつづく。

「ホイトウの生き方は一口には言えないけれど、辛いし、やっぱりさみしいのんた」

若い黎々火はそれが辛いとか惨めだとか悲しいとか、実感として受け止めたわけでもなかったが、其中庵に落ち着くまでの山頭火の暮らしの一端を、物語りのように聞いていた。

昭和八年九月十二日の日記に「身うちのものがいふ、『あんたもホイトウにまでならないでも、何かほかに仕事がありさうなものだが、……』私は苦笑して心の中で答へる、――『ホイトウして、句を作るよりほかに能のない私だ、まことに恥づかしいけれど仕方がない、……』」と書き記す。

ホイトウと呼ばれる村のしぐれかな

湯に入ると、山頭火は世俗のことなど忘れてリラックスできたのだろう。日記で「放下着《ほうげちゃく》」という言葉をよく使っているが、これは禅で「赤裸々」「すっ裸」を意味するという。身辺整理も同じ心境の言葉だろう。「放下着――善悪是非の利害損得も生死有無もいっさいがっさいみんないっしょに」「捨てろ、捨てろ、捨てきらないからだ。放下着――何と意味の深い言葉だらう」などなど。

また昭和九年五月二十二日には「煩悩執着を放下することが修行の目的である、しかも修行しつつ、煩悩執着を放下してしまうことが、惜しいやうな未練を感ずるのが人情である、言ひ換へると、煩悩執着が無くなつてしまへば、生活——人生——人間そのものが無くなつてしまうやうに感じて、放下したいやうな、したくないやうな弱い気を起すのである、こゝもまた透過しなければならない一関である」と蓬州和尚の『雲水は語る』を読んで、問い直す。

放下着と書いたり、つぶやいたりすることで、山頭火はこころの雑事や邪念を払おうとしたのではないか。「入浴するのも旅をするのも一つの放下着だらう」と、浴場では身もこころもすっ裸になれる。体をこすって、こころにたまった垢も落とす。湯上がりに一杯飲めば、至福を味わえたに違いない。

しぐるゝや人のなさけに涙ぐむ
ずんぶり浸る一日のをはり

湯平を旅したときのこと、山も水も宿ももちろん湯もよく、その地が気に入って二日間滞在した。胃腸病に効くという温泉の湯を、地の人はがぶがぶ飲んでいるので、山頭火もそれにならってよく飲んだ。そして「もしこれが酒だったら——」とふと思う山頭火でもあった。

明けの星を笠を背にして行かれる　　黎々火

やぎひげ

雨にうたれてよみがへつたか人も草も　　山頭火

俳人・種田山頭火を想うとき、業を背負い痛ましいとか、悲愴とかいったストイックな人間をイメージするようだが、付き合った大方の俳人は、山頭火の口から暗い話や過去のこと、人の悪口など一切聞いたことがないと言う。

ある人が山頭火は坊っちゃん育ちで、本質的に非常に明るい人と書いていたが、「彼がもし、『層雲』というグループがなくて天涯孤独だったら、あんなに明るいどころじゃなかったと思う」と圭之介は言う。

昭和十年八月十八日付の山頭火のはがきが、黎々火のもとに届いた。

あまり我儘をしたので、帰来、卒倒いたしました、九死に一生は得ましたけれど、時々狭

心症の発作に悩まされます、いよ〳〵アルコール、カルモチン精算の時機が来たやうです、もう大丈夫、ご心配にはおよびません、

死んでしまへば、雑草雨ふる（卒倒して雑草に埋もれてゐましたよ）

山頭火と知り合って二年半親しく付き合ってきたが、狭心症の持病があるとか、どこか悪いところがあるとか、カルモチン（睡眠薬）を服用していたとか、一度も聞いたことがなかった。およそ三週間前の七月二十三日、九州へ旅立つ山頭火を、「層雲」同人で日銀門司支店勤務の亀井岔水《たすい》と国鉄門司駅の待合室で、アイスクリームを食べながら歓談して見送った。一週間後、北部九州の旅を終えて戻ったときも、また三人は岔水居で会い一泊。上機嫌でしゃべっていた山頭火だったから、それ以降に何が山頭火に起こったのかわからなかったのだ。

はがきを読んだ黎々火は「もう大丈夫」と書いてあるものの気にかかり、二日後の仕事帰りに其中庵へ行ってみた。

ところが山頭火はいつもとまったく変わらず、ふさぎ込んだ様子もなく、人懐こい明るい笑顔で迎えてくれた。その笑顔を見たとたん、庵へ着くまで狭心症やカルモチンのことを心配していたのに、すっかり安心してその理由を聞いてみようなど思いも及ばなかった。いつものようにとりとめもない話をして、帰るとき庵の裏庭にある井戸（溜め水）から水をバケツに汲み、

台所に置いてきた。

　黎々火君に　病中

はるぐ〵ときて汲んでくれた水を味ふ

「あれはどう見ても、自殺を図った様子ではなかった。酒に酔った勢いもあったんじゃないか。財産も一緒に住む家族もない、このまま死んでもこころ残りはないし、死なずに目が覚めるのならそれもいい。そんな気持ちで薬を飲んだんだろう。本当に死にたかったのなら、同じことをまたやったはずだよ」

　其中庵から安心して戻った黎々火は、つぎの日曜日に改めて庵を訪ねた。その日の山頭火の顎には、珍しくひげが伸びていた。ふたりは個人俳句誌の裏表紙などの白紙の部分を利用して、はがき（山頭火曰く、窮製はがき）を数枚作った。山頭火は五、六人の俳友宛に便りを書き、黎々火はそれにひげの生えた山頭火の横顔を書き添えた。

　けふはぼんやりゐるところへ、ひよつこり黎坊が見舞うてくれました、こんなハガキを窮製して遊びました、いつれまた、これは記念として伸ばさうと考へてゐる山羊髭でありま

す、未完成の点が――八月二十五日　山生

ふたりの楽しい作業の情景だけで、死のイメージはどこにもない。

黎々火君に

月へ、縞萱の穂の伸びやう

そのときの卒倒が「自殺未遂」と知ったのは、『其中日記』の八月十日の頁を読んだときだ。

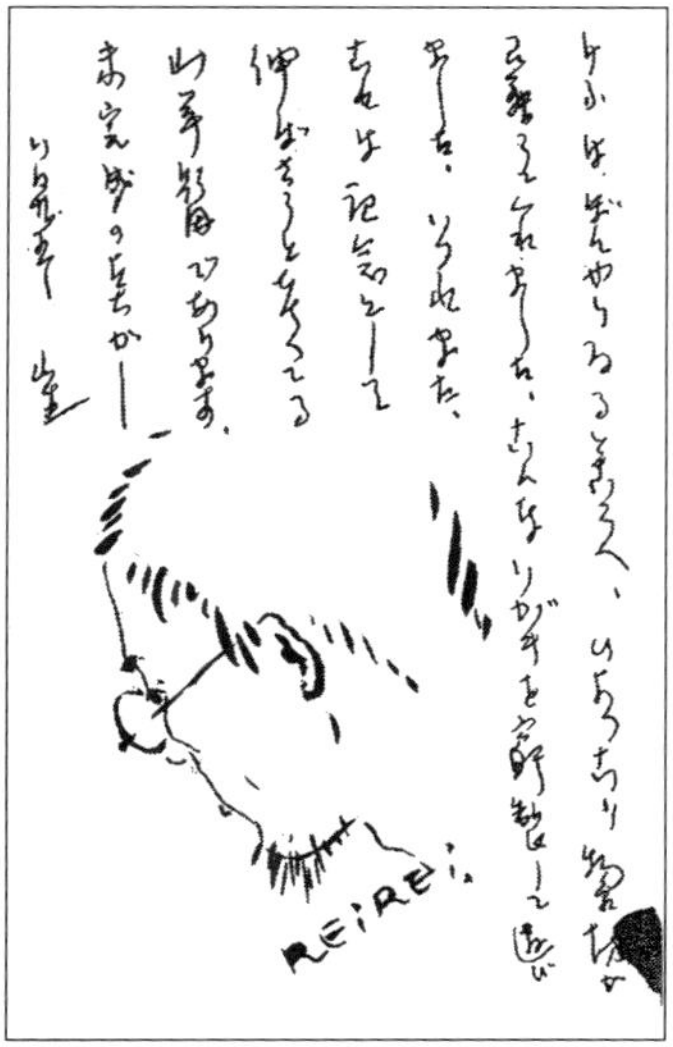

山頭火と黎々火で作った窮製ハガキ

わたしはとうとう卒倒した、幸か不幸か、雨がふつてゐたので雨にうたれて、自然的に意識を回復したが、縁から転がり落ちて雑草の中へうつ伏せになつてゐた（略）正しくいえば、卒倒でなくして自殺未遂であつた（略）多量すぎたカルモチンに酔つぱらつて、私は無意識裡にあばれつつ、それを吐きだしたのである。

と記してあったが、思い出せるのははがきを読んで駆けつけたときの、山頭火の表情の明るさだけだった。

黎々火が訪ねた二十五日の日記には、自殺どころか何とも微笑ましい山頭火の一面が描かれている。「卒倒以来、心身頓に爽快、今日は特に明朗だつた、山の鴉が窓ちかくやつてきて啼きさわぐ、赤城の子守歌をおもひだせとばかりに、——じつさい、おもひだして小声でうたつた、何とセンチなオヂイサン！」と茶目な山頭火だった。「赤城の子守歌」を口ずさんでいる山頭火。幼子をおんぶした格好をして歌っていたのかもしれない、と思うとおかしかった。

山頭火は自殺未遂だと書いた九日後の日記に、つぎの一文がある。

今が私には死に時かも知れない、私は長生したくもないが、急いで死にたくもない、生きられるだけは生きて、死ぬるときには死ぬる、——それがよいではないか。（略）卒倒が私のデカダンを払ひのけてくれた、まことに卒倒菩薩である。

「新しい理想を抱き、それに近づこうとする前向きの気持ちが文面に出ているよ」。圭之介にはそう伝わってくるのだった。

自殺未遂を機に純真生活記念として伸ばしたはずのひげは、節酒がくじけたのか、面倒だったのか、すぐに剃ってしまった。その後、二、三カ月して再び伸ばし始めたひげは、亡くなるまでつづいたが、節酒の方はうやむやになった。山頭火といえば顎ひげを思い描くが、卒倒事件以前の山頭火にひげはない。

二回目に伸ばした顎ひげは口にとどくほど長く、山頭火はひげを指に巻いて毛先を口に入れておしゃぶりみたいに吸っていた。口さみしさ、人恋しさ、そんな山頭火のこころのすき間を、ひげは慰めていたのだろうか。黎々火と話すときも、よくいじっていたという。

「あのやぎひげも再生記念、節酒記念、純真生活記念として伸ばしたと日記に書いてあるけど、おしゃれ心と好奇心もあって、面白がって伸ばしたのではなかろうか」と圭之介。山頭火も「山羊髭がだいぶ長くなつた、ユーモアたつぷりである、これが真白になつたらよからう」とまんざらでもない様子を日記につづっている。

山頭火という人間を考えるとき、精神分裂病、あるいは心身症との共存を忘れてはならないだろう。早稲田大学中退の理由と、のちに大正九年に上京して東京市職員として働いていたとき、月給四一円で安定した生活を望めた身分を、その病気を理由に退職している。

山頭火自らが日記に書き連ねた症状を見ると、「不安、動揺、焦燥、憂鬱、身心の変調感じる」「だるく、ものうく、わびしく、せつなく」、「倦怠、無力、不感」、「どうしても眠れない、頭脳が痛む」、「終日憂鬱、堪へがたいものがあつた、心身重苦しく、沈鬱、堪へがたし」、「なぜこんなに気が滅入るのだらう」などなど。

さらに不眠が山頭火を悩ませる。「不眠（私はまじめに考えだすと眠れなくなる、癖の一つだ）」。不眠は相当にひどく、睡眠薬が離せない状態だったようだ。薬でようやくにして眠ると、「奇々怪々の悪夢に襲われ」たり、「悪い嫌な夢」ばかり見て山頭火をさらに苦しめた。殊にお金のないときの苛立ちと絶望、酒で失敗をしたときなどは、自責の念から「沈鬱堪へがたし」になり、さらに「死」で精算しようという考えに至るのだ。

躁と鬱の落差ははげしく、躁のときははしゃぎすぎて脱線し、鬱のときは自殺すれすれのところまで落ちている。それを紛らわせるのが酒だったが、アル中になってさらに躁鬱は激しさを増す。独りのさみしさに耐えられず人を求めて行っても、「人にまじはることは愉快でもあり不愉快でもあり、私のやうな我儘者は長く続けて人間の中に居ることは堪へかたく感じる」のだった。

自殺も何度か試みたようだが、未遂に終わっている。旅も死に場所を探しての行程のように書いている。本当に死にたかったのか、と問われると、否と答えるに違いない。

昭和七年五月一日の日記に、小豆島で亡くなった尾崎放哉の死について考えながら、自分を振り返り「私はこれまで二度も三度も　自殺をはかつたけれど、その場合でも生の執着がなかつたとはいひきれない（未遂におはつたがその証拠の一つだ）」と正直に吐露している。

大正九年に弟二郎と朱鱗洞を相次いで亡くした衝撃で、熊本に妻子を置いて単身上京したのも、「感情をコントロールできない病気のなせるわざ」と伊藤完吾は推測する。

昭和十三年十月十一日の日記に山頭火はこう記す。「人を離れて一人住んでゐると、ともすれば死にたくなる、といへばいひすぎるかも知れないが、生きてゐたいと思はなくなる――死んでもよいと思ふやうになる、私にはさういふ傾向が強いやうだ――」


あごのひげのいい山頭火だつたまた来てくれる筈だつた　　黎々火

読書と講話

まつすぐな道でさみしい　山頭火

「好きなものは、と訊かれたら、些の躊躇なしに、旅と酒と本、と私は答へる。今年はその本を読みたい。まず俳書大系を通読したいと思ふ」

再刊した個人誌「三八九」第五集に山頭火自ら書いているように、山頭火は読書好きだった。それも気に入ると何度も読み返す熟読玩味型のようだ。

長府町の黎々火居に泊まると、「何か私に向きそうな読物はありますまいか」と書棚を見ているが、目ぼしをつけた本があると後日「〇〇をお借りしたい」とはがきが来た。『豆腐の本』（佐藤吾一著）や『コクトオ詩抄』などは何度も借りて読んでいる。

『豆腐の本』は、全国の有名な豆腐や著者が食べておいしかった豆腐など、豆腐好きの人が書いたエッセイで、同じ豆腐好きの山頭火は興味をそそられたらしい。「この本はなかなか面白そうですね、寝てゐてゆつくり読みませう、そして豆腐なるものを再鑑賞しませう」とはがきが届いた昭和九年五月二十日以来、何度も借りては返している。

山頭火はこの本がよほど気に入ったらしく、黎々火にはがきを書き送った翌日の日記に「よき本はよき水の如し、よき水はよき本に似たり、佐藤吾一氏の豆腐を語るは面白い、著者に早速、葉書をだしたほど好意が持てた」、『豆腐を語る』は『豆腐の本』の間違いだが、感動すればすぐにその気持ちを伝えずにはいられない、山頭火の「感情の直球性」を垣間見ることができる。

その感動を自分ひとりに留め置くことが出来なかったのか、「豆腐の本ハ小郡の豆腐屋老人に貸してあるので、近々第六句集といつしよに送ります」と、のちに移り住んだ湯田の風来居からはがきが届いている。ちなみに第六句集は『孤寒』のこと。

本好きの山頭火を知る人は、ひとりで寂しかろうと俳句関係の本だけでなく、話題の本や雑誌などいろいろな本を送って来た。読み終えるとその本が黎々火に回って来ることもあり、また、月刊誌などは「読後は誰かに回してくれ」と書いて送って来る本もあった。いずれにしても山頭火は借りた本は几帳面に必ず返し、いらない本はだれかに回したようで、手元に残すことはなかったのだ。

「豆腐を語る拝借したし、文藝春秋は近、送ります」、「俳人読本はありがたく頂戴いたします、ぽつり〳〵と読みませう」、「大地に生きるを廻送させるやうにしてありますが、お読みになりたくないやうなら知らせて下さい」等々、山頭火を通して本は回っていた。

それも行き当たりばったりというのではなく、いくつかのグループが出来ていたようだった。黎々火のグループの一人に亀井岔水《たすい》がいた。岔水は「層雲」同人で、東京の日本銀行本店から門司支店に転勤したのをきっかけに、山頭火と知り合った。

黎々火と岔水の出会いは偶然だった。昭和九年秋のある日曜日、其中庵に山頭火を訪ねるため、黎々火は国鉄小郡駅に降りた。改札口を出ようとしたところ、年配の男性が駅員に「其中庵へはどう行けばいいでしょうか」と尋ねていた。「わたしもちょうど其中庵に行くところなので、一緒に参りましょう」と声をかけ、案内したのだ。

岔水は門司への転勤に際して、「層雲」編集者の小沢武二から「ぜひ其中庵の山頭火じいさんに会ってくれ」と言われて、早速訪ねるところだった。岔水は言葉もていねいで物腰の柔らかい紳士で、黎々火は初対面で好感をもった。岔水二十八歳、黎々火より六歳上だが、随分大人に見えた。

「岔水は都会人じゃな。垢抜けて話し方も柔和で品がよかった。第一、標準語で話したからね」。標準語のひびきは都会の匂いがしたという。

黎々火の勤務する門司鉄道局本局と日銀門司支店は昼休みに会えるくらい近く、会社の電話で連絡もとれるので、ふたりは急速に親しくなった。山頭火も九州への旅の途中で門司に立ち寄ると、「呂水を呼ぼう」と持ちかける。三人は国鉄門司駅の待合室で歓談したり、呂水の日銀社宅へ行くこともあった。呂水はまだ独身で母親と暮らしていたが気兼ねがなく、三人は気軽に付き合える仲間になった。

昭和十年八月一日の『其中日記』に、「黎々火君と共に呂水居で会談会飲、黎君に若い日本人としての情趣があり、呂君に近代都会人らしいデリカシーがある」とある。その夜は、黎々火は自宅に帰り山頭火は呂水居泊。翌二日「呂水君に送られて下関へ。―― 私が使用する送らいれてといふ言葉は食事、切符、等々を与へられることをも意味してゐる。あゝもつたいない」ところがたばこ銭をもらった山頭火は、下関に着くと早速飲み歩いて脱線した。黎々火は再び呼び出されて支払いを済ませる。「とうく黎々火君の厄介になつた」山頭火だった。

いつも酔って語り合うだけではない。ある日の会談のとき、本好きの山頭火は「三人で本の回読をやろう」と提案した。むろんふたりも賛成だったが、山頭火の発案はいつもその場かぎりの思いつきで長続きしたことがないのだ。回読はうやむやになったけれど、飲むだけではない知的な交流はその後もつづいた。

日中戦争が勃発し戦局が拡大するにつれ、日銀社宅は門司港から前戦へ向かう兵士の宿泊所となった。呂水も兵士の世話で忙しくなり、山頭火も気楽に立ち寄れなくなった。亀井呂水は昭和十三年に東京へ帰任する。

山頭火の読書をみると、ただ暇つぶしに本を読んでいたのではないことが分かる。雑学ではあるが繰り返し読むというのは、よく理解し血肉になっていく。昭和十二年十一月二十日の日記にこう記す。「読書、私には読書が何よりもうれしくよろしい、趣味としても、また教養としても、私は読書におちつかう」

さらに行動的な山頭火は関心をもった所は自分の目で確かめたいと、必ずその地を訪ねている。例えば、島崎藤村の『夜明け前』を読むと舞台となった地を訪ね、『井月全集』を読むと井上井月の眠る長野県は伊那にある井月の墓参りをしている。

旧制中学時代から文学に関心をもっていた山頭火は、回覧雑誌の発行をしたり、俳句、短歌、小論など精力的に書いている。大学も中退とはいえ文科を専攻し、ふるさとにもどってからも家業や妻子より、文学活動に情熱を傾けたといっていい。飲んだくれようが金がなかろうが、文学―俳句の創作意欲だけは失うことはなかった。

十年にわたる日記の中に「『のらくら手記』素材として」と、書きたいと思った題材のタイトルをその日その日メモしてある。「△日記といふもの。△過去を葬るの記。△二人の伯母の一生。△祖母の乳房（姉の追憶）。△孤貧の記。△わが冬ごもりの記。自己を省みて」などなど、タイトルだけに終わってはいるが、いつか書きたいと思っていたのだろう。

亡くなる一年三カ月前、大山澄太宛ての手紙に「実は、――自由律俳句講話といつたやうなものを、極めて入門的に啓蒙的に具体的に書き続けたいと考へてをりました」と書き送っている。もしそれが完成していたら、今日の山頭火像も大きく変わっていたのではないかと残念でならない。

句会では主人としてしゃべり過ぎ、飲んではしゃべりまくったという山頭火だが、「北九州に於ける層雲大会」で二〇〇人を超える聴衆の前で講話をした記録が残っている。昭和十年十月十九日、若松市（現・北九州市若松区）の藤の木小学校で開催され、「新しい俳句と生活を語る」をテーマに、

○俳句と生活を語る　櫻井四有三（光の会代表、八幡製鉄所工場長）
○行乞と生活　種田山頭火
○新しい俳句の鑑賞　木村緑平

の三人が講話をした。藤の木小学校々長の荒瀬蘇葉は「層雲」同人で、その計らいで同人のほかに生徒、父母、教師が会場に集まった。黎々火も山頭火の講話を聞くのは初めてだった。

壇上の山頭火は「いつもの法衣を着て、淡々と飾り気なく、平生の言葉で話していたね」。

層雲大会の朝、「層雲」主宰の荻原井泉水から祝電が届いた。「アキハレノココロヲアハセタマヘ　セイセン（秋晴の心を合わせ給へ　井泉）」。師匠の電報を読んだ山頭火は「先生も季題趣味があるわい」と冗談を言いながら朗らかに笑っていたという。

教師、父兄、「層雲」関係者などが集まり、大会は盛会のうちに終わった。興奮さめやらぬ同人たちは八幡まで移動し、光の会の句会となる。出席者は山頭火、緑平、黎々火ら十四名。「層雲の拡充運動へ、光の会の強化向上へと話はつきぬ、眞個に許し合った会であった」と、蘇葉は「層雲」に書き送った。

その夜、山頭火と黎々火は八幡の飯尾青城子《せいじようし》の家に泊まった。ふたりは翌日の午前中に出立。糸田の緑平居へ向かうと言う山頭火と途中で別れ、黎々火は下関へ戻った。そのときの山頭火のうしろ姿を見ながら、ふっと句が浮かんだ。

いつしよにあるけばまがつてゆくみち　　黎々火

糸田からの山頭火の足取りは、二十六日付の宝寿という山村から届いたはがきによると、行橋、中津、日田から英彦山をまわり、二十八日には門司に着くとあった。翌月二日、門司の岔水と山頭火が黎々火居を訪ねたが留守だったと、ふたりの寄せ書きを受け取った。ところが寄せ書きと同じ日付の山頭火のはがきがもう一枚あった。

「逢えませんでしたね、私ハ今朝こゝまで来て（昨夜ハ下関）動けなくなりました、いや動きたくなくなりました、（むろん生理的といふより心理的に）お目にかゝりたし、山」

長府町の木賃宿から出している、歩いても二〇分とかからない距離だ。「どうしたのだろうか。病気か宿代が無くなったのか……」。黎々火は財布を持ってすぐに家を出た。

「重い病気だとしたら、前日呑水と会っているのだから放っとかないはずだ。昨日家に来たということは、泊まるつもりじゃなかったのか……」といろいろ思い巡らせながら、宿に着いた。山頭火は寝ていたが、別に病気という風でもない。「うちに来て泊まりませんか」と誘うと「いや、帰る」と言う。宿賃を払い、山頭火を長府駅まで見送った。

先日ハいろ〳〵御厄介になりました、帰つて来てからずつと寝ついてをりましたが、昨日aさんがやつてきて、湯田へ連れ出し、よい湯とよい酒とをよんでくれましたので、身心さつぱりとよみがへりました、これからぶらり〳〵と歩いて帰ります、そして樹明君を招いて、一杯やりませう、いろ〳〵申上げたい事もありますが、いづれまた　昭和十年十二月七日　山口にて　山生

秋のなか笠ふかく行くをみれば白い雲を　黎々火

鴉啼いてわたしも一人

山頭火と放哉

この道しかない春の雪ふる　　山頭火

大正末期から昭和初期にかけて、種田山頭火と尾崎放哉《おざきほうさい》という自由律俳句を代表するような「二人の作家」が、世に現われたことに注目してみたい。ふたりの句作への精神変革の根底に、大正十二（一九二三）年九月一日の関東大震災が深く影響していることを抜きには語れない。言い換えれば、尾崎放哉は大震災をきっかけに出現した作家であり、種田山頭火は大震災で生まれ変わった作家と言っていいだろう。

尾崎放哉は明治十八（一八八五）年一月二十日、鳥取市に生まれる。本名・秀雄。山頭火より二歳一カ月年下だ。俳句に関心をもったのは中学時代で、一高に入学すると一年先輩の荻原井泉水が再興した「一高俳句会」に入会し、はじめて井泉水に出会っている。

放哉は一高から東京帝大の法科へ、井泉水は文科へ進む。放哉が酒を飲み始めたのは大学時代で、失恋の痛手がきっかけだというが、厭人・厭世の気持ちがつよく、排他的な悪い酒だったようだ。同級生の田辺隆二はのちに「思い出す儘」と題して、当時の放哉の様子をつぎのように書いている。

> 酔へばクドクなる、強がる、怒る、際限がない。まるで別人の様に、尾崎にこんな性質があつたのだろうかと思ふ様な処が出て来る、相手になつたものはたまらない、そんなことで友人の方から次第に離れて行つた。

飲みだすと二升三升の酒の量だったという。

明治四十二年に帝国大学を卒業し、就職するが一カ月で退職。明治四十四年、坂根馨と結婚。同年、生命保険会社に就職して出世の道を歩いていたが、大正九年に辞職。二年後、朝鮮火災海上保険会社の支配人として朝鮮に渡るが、酒の失敗で馘首。放哉三十九歳。このままではいけないと再起をかけて満州へ赴くが、零下四〇度にもなる寒さに耐えられず、肋膜を患って二度も入退院を繰り返した。放哉の絶望は深まり、厭世観はますますつよくなっていった。

そんな状態のときに耳に入ってきたのが、関東大震災の惨状だった。満州に届いたニュースは、東京全滅、生存者なし、天皇陛下御行方不明など、事実より誇張されて報道された。「地位も名誉も天災の前では、一瞬の芥のように消えてしまう。人間なんてはかないものだ」と放哉は人間の無力さに打ちのめされた。

関東大震災が引き金となって、内地へ引き上げる決意をする。「日本へ帰る船の中で、妻君とふたりで入水自殺しようと考えた」と放哉は語っている。震災で社会的地位も財産も生命も、すべてに空しさはかなさを痛感した放哉は妻と別れ、大正十二年十一月、京都鹿ヶ谷の「一灯園」に身一つで飛び込んだ。当時一灯園は、西田天香の『懺悔の生活』がベストセラーになり、倉田百三の『出家とその弟子』のモデルにされるなど、世間の注目を集めていた。

一灯園は西田天香が「無一物無尽蔵」をモットーに開設、「ここは悟りを得るところではない。自分を捨てに来るところである。死ねますか」と問いかける精神団体である。共鳴した放哉は一灯園で托鉢や奉仕活動をしながら自分と向き合い、「人生とは何か」を問い直していた。

一灯園の一日は五時起床、掃除がすむと道場で一時間ほどの読経。読経が終わるとそれぞれが托鉢先（働き先）に出かける。先方で朝食をすませ、そして仕事、夕食を食べてから戻って来る。それから一時間の読経、就寝。寒中に火鉢一つなく、煎餅蒲団に包まって眠ったという。

大正十三年、放哉は京都で偶然に井泉水と会った。十年ぶりの再会だった。井泉水もまた大震災後に妻と母を亡くし、京都の東福寺天得院にこもって弔いの日々をおくっていた。久々に酒を酌み交わしながら、放哉は一灯園に至るまでを井泉水に話す。「私は満州に居りました時二回も左側湿性肋膜炎をやり、其の時治療してもらつた満鐵病院々長A氏から……猶これ以上無理をして仕事をすると……と大に驚かされたのが此生活には入ります最近動機の有力なる一つとなつて居るのであります」(「層雲」大正十五年五月)

井泉水と出会ったのち放哉は少しの間、東福寺で起居を共にしていたが、小豆島の南郷庵を紹介されて移ったのが翌年の八月だった。「この度、佛恩によりまして此の庵の留守番に座らせてもらう事になりました。庵は南郷庵と申します、も少し委しく申せば、王子山蓮華院西光寺奥の院南郷庵であります。西光寺は小豆島八十八ヶ所の内、第五十八番の札所でありまして」と放哉は南郷庵について紹介している。放哉が放浪生活に入って三年目の夏だった。

放哉の句が「層雲」にはじめて載ったのは大正四年だが、そのころは取り立てて特徴もなく趣味の域を出なかった。

谷底に只白く見ゆる流れかな　　放哉

右の句は大正五年の作で、山頭火が選をしている。それが別人のように光を放ち始めたのは、社会的な地位をすべて捨てて一灯園に入ってからで、

咳をしても一人　　放哉

いれ物がない両手で受ける
一日物云わず蝶の影さす

など、ほとばしるように句作しては、発表した。「層雲」に毎号五〇から六〇句掲載された。俳号の放哉とは「なんにも放つてしまつて、今は、からだ一つで居るわい(哉)『たつた一人で、なんにも無い』と云ふ処に有之候」と実姉宛の手紙に書いている。

「此の病躯これからさきウンと労働で叩いて見よう、それでくたばる位なら早くくたばつてしまへ、せめて幾分でも懺悔の生活をなし、少しの社会奉仕の仕事でも出来て死なれたならば有り難い事だと思はなければならぬ」という決意で奉仕生活に入ったのだが、厳しい労働は放哉の病んだ体には耐えられず大正十四年八月に小豆島の南郷庵を死に場所と定め、亡くなるまでの八カ月を過ごすことになる。南郷庵に入ったとはいえ参拝者の賽銭の他に収入はなく、それも春、三、四月でないと巡礼はやって来ない。その間の放哉の生活費を思い井泉水は十四年十月、「放哉氏後援会」の加盟を会員に呼びかけた。

(略)放哉君は最小限度の生活を試みるとて、焼米を作つて、それをかじりながら水を飲んでゐるさうだ、(略)私は放哉君が漸くにして得た此の安住の地に再び不安の影をささせたくないと思ふ、再び流離の旅につかせたくないと思ふ。
□一口五円とす
□右の好意を寄せられし方に、井泉水筆俳句（茶掛用）を進呈す。

さらに翌年三月にも、募金を呼びかける。

「二三ヶ月前から氏は病気で、島の医者にか、つてをり、（略）何ぞ滋養物を摂り得る位の事をしてあげたい為です。会規は一口金五円とします。御礼として、私が扁額用の文字を書いて進呈します」。高・大学の後輩で句作の進境も著しい放哉の身を案じる、師匠の思いが伝わってくる。そしてまた、放哉後援会の成功がのちに、山頭火結庵のときの基金募集の取り組みに生かされることになる。

井泉水は著書『此の道六十年』の中でつぎのように書いている。

「彼のサラリーマン生活にあっては、一向に芽のでなかった彼の句境が、無一物生活という心境において、新しい芽をふきだした」

一方の山頭火は、「層雲」に入会した三十そこそこのころから俳句の実力はもっていた。早くから井泉水に認められて、大正五年には課題欄の選者のひとりに選ばれるが、当時流行していた表現主義的作風もあり、文学的志向のつよい硬い句が多かった。

山頭火の俳号については、大正六年刊の層雲同人名簿「金蘭録」によると、「雅号の由来といふほどのものはありません。たまく見出したその文字の音と義とが気に入つたので、いつとなく用ひるやうになりました」と本人記入。年齢欄は三十六歳。井泉水は山頭火という雅号から、「おそらく彼の気質が噴火山頭の焰の如き、はげしく燃えるものを理想としたのであろう」と、山頭火自身も押さえることの出来ない「はげしい性格」を見抜いている。

雅号から「焰の如き、はげしく燃えるもの」と井泉水に言わせた山頭火は、大正八年、妻子を熊本に置いて上京するが、大正八年から十二年の五年間、東京にいて「層雲」との行き来もなく俳句も送っていない。東京での様子を、熊本の歌人仲間で大正八年に文部省へ転勤になった茂森唯士は「山頭火の横顔」と題して『山頭火の本別冊1』（春陽堂書店）に次のように書いている。

大正九年、山頭火は熊本の店と家族をすて〻突然上京してきた。山頭火は私の下戸塚の下宿の隣室にあいていた四畳半に住むようになった。勤めの経験のない中年者のこととて、なかなか彼に適当な職が見つからず、しばらくは額ぶちの行商で小学校廻りなどやっていたが、そのうちようやく東京市の水道局の事務員の口が見つかり、毎日弁当をもって丸の内に通い出した。（略）なにがしかの原稿料をかせぐために、私の勤め先で出していた経済雑誌に山頭火は「芭蕉とチェーホフ」という評論を書いたこともある。

大正十年、彼の勤め先は東京市立の一ツ橋図書館に変わった。

精勤で有能な模範的職員のよい生活がつづいたが、突然無銭登楼で行灯部屋に入れられたり、田舎料亭で芸者をあげて痛飲したり、殆んどの場合懐ろ勘定を忘れて呑みすぎ遊びすぎたあとの自責と自嘲、骨を嚙むような虚無的な心境はどうにもならないものであった。

酔後の山頭火の虚無感は自殺すれすれの境地で、すて鉢で悪魔的なこうした山頭火と幾度直面させられたことか、と茂森は書いている。

文学への熱い思いとは裏腹に、キャッチコピーや評論を書き送っても認められず、しだいに歯止めのきかない深酒にのめり込み、不本意な生活に荒んで行った。ある日、山口から訪ねて来た伊東敬治と飲み歩いて職場に行かず「館長から使者が来て、早く出勤してくれるよう頼まれたが遂に出勤しないばかりか、やめてしまった」とその場に居合わせた伊東は語る。

山頭火が一灯園以後の放哉の作品を知ったのは、出家得度して熊本県植木町の味取観音堂の堂守となった大正十四年二月より後のことで、緑平や白船に送ってもらう「層雲」を読んで衝撃を受けた。栗林一石路《いっせきろ》、小沢武二、大橋裸木などかつての同輩や後輩の目ざましい活躍。その中でも放哉の目を見張らんばかりの作品の数々は、ひときわ輝いていた。「東の裸木、西の放哉」と言われ、競い合うことで秀作を生み出していたのだった。

放哉の孤独と人恋しさと、体の奥深く流れる暖かさが読む人の胸に迫り、凄みさえ感じられて切なかった。放哉は俳句に真実をあるがままに詠み、短律のしかも口語的リアリズム表現へと、自由律俳句に独自の句境を確立しつつあった。

こんなよい月を一人で見て寝る　　放哉
漬物桶に塩ふれと母は産んだか
板敷に夕餉の両膝をそろえる

まるで命を切り刻んで血を吐くように詠んだ句は、読む人のこころを捉えて離さない。山頭火には衝撃と同時に、興奮すら覚えるものだった。遠ざかっていた句作への情熱が、放哉の句に触発されて甦ってきた。

青い影凍る　旅の街のすきまかぜ　　圭之介

「層雲」への復帰

鴉啼いてわたしも一人（放哉居士に和す）　山頭火

山頭火は、小豆島の南郷庵からつぎつぎと秀句を発表する放哉に刺激されて、創作意欲が甦り句作したいと思うのだが、作れない。リズムをつかめないのだ。山頭火は苦しんだ。堂守の生活に明け暮れる閉塞状態の自分自身を変えたい、と真剣に考えるようになった。放哉に会えば手がかりをつかめるのではないか。自分と同じような境遇の放哉に、一度逢いたいという思いが日に日に募っていた。

大正十四年八月、熊本県荒尾市から木村緑平が味取観音堂を訪ねて来た。緑平が放哉と交流があると知った山頭火は、放哉に逢いたい熱い思いを打ち明けた。緑平はさっそく放哉に、山頭火が出家得度して耕畝と改名したこと、味取観音堂の堂守をしていること、放哉にとても逢いたがっていること、など書いて手紙を出した。

翌月三十日付の放哉から届いた返信には、山頭火にふれてつぎのように書いてあった。

色々御事情がおありの事らしい、私ハよくしりませんが、自分の今日に引き比べて見て、御察しせざるを得ませんよ。全く人間といふ『奴』はイロイロ云ふに云はれん、コンガラガツタ事情がくつ付いて来ましてね。……イヤダ〳〵、呵呵。ご面会の時ハよろしく申して下さい。

手紙を差し上げたいが、「音信不通」の下に生活されているのではないかという懸念があるので控えると、放哉の気遣いが書き添えられていた。「層雲」の大正十五年一月号から、放哉の「入庵雑記」の連載が始まった。

私は性来、殊の外海が好きでありまして、海を見て居るか波音を聞いて居ると、大抵な脳の中のイザコザは消えて無くなつてしまふのです。賢者は山を好み、智者は水を愛す、といふ言葉があります、（略）どんな悪い事を私がしても、海は常にだまつて、ニコ〳〵として包擁してくれるやうに思はれるのであります。（略）丁度、慈愛の深い母親といつしよに居る時のやうな心持になつて居るのであります。（略）つまり私は、人の慈愛……と

云ふものに飢え、渇して居る人間なのでありませう。(二月号)

私は、平素、路上にころがつて居る小さな、つまらない石ツころ、、、に向つて、たまらない一種のなつかし味を感じて居るのであります。(略)蹴られても、踏まれても何とされてもいつでも黙々としてだまつて居る……石ツころに深い愛惜を感じて居るのです。(四月号)

入庵以来日未だ浅い故に、島の人々との間の交渉が、自ら少なからざるを得ないから、自然、毎日朝から庵のなかにたつた一人切りで座つて居る日が多いのであります。独居、無言、門外不出……他との交渉が少ないだけそれだけに、庵そのものと私との間には、日一日と親交の度を加へて参ります。(五月号)

島の生活にまだとけ込めない放哉だが、小さな花に、石ころに、虫の声に温かい視線を注いでいる。死を見つめて生きる放哉は、海に母を感じ生きとし生けるものに語りかけながら、安らいでいたのかもしれない。「私は、大の淋しがりやなんです」と告白した放哉は、「入庵雑記」の最終月の五月号を見ずに、大正十五年四月七日、四十一歳でこの世を去った。

「層雲」に彗星のように現われて、俳句に生命を注ぎ、死期を悟ってもなお句作に没頭して、かずかずの秀句を残して逝った。

放哉は二年半に満たない間に、約六四〇句を「層雲」に発表したが、その間に山頭火の投句は一句もない。

尾崎放哉が小豆島の南郷庵で亡くなったことを、山頭火はいつ知ったのだろうか。まだ電話もなく、「層雲」にも復帰していない堂守の山頭火に、いち早く報せるつながりはない。「入庵雑記」にしても、緑平宛のはがきを見ると、三月六日付に「いつもすみませんが『層雲』新年号貸していただけませんでせうか」とあり、八日付には「私のはがきと行き違ひに『層雲』新年号がまゐりました」とあるから、月遅れで読んでいたようだ。放哉の死は五月号で報じられた。

放哉の葬式にかけつけた井泉水は、枕元に残された句帳の中から九句を六月号で紹介した。それが放哉の最後の句になった。

肉がやせてくる太い骨である　　　放哉
一つの湯呑を置いてむせてゐる
やせたからだを窓に置き船の汽笛

偶然とはいえ放哉の死の三日後の大正十五年四月十日、山頭火は味取観音堂を旅立った。その理由は「本山（越前永平寺）で本式の修行するつもりであります。出発はいづれ五月の末頃になりませう」と熊本の報恩寺から緑平宛にはがきを出しているが、放哉の死についてはふれていない。

月遅れにしろ「層雲」を読んでいれば、放哉の病状の悪化はわかっていただろう。旅の途中に立ち寄った同人に放哉の死を聞いたのかもしれない。放哉の死によって、本山修行を変更したのかは定かではないが、もともと本式の修行の出来る山頭火ではない。放哉亡き後の「層雲」には自分しかいないという自負心が、俳人として生きる選択をしたのではないだろうか。

「味取観音堂を出たのは、一所にじっとしておれない性格というのが、いちばんの原因だと思うよ。放哉はそれが出来たけど、山頭火は人に指示されたり、時間を守るとか、それが出来ない性格。堂守はいつだれが訪ねて来るかわからないからね。近所のオバさんが来るのと、我々が来るのとでは全然違うわね。その煩わしさから逃れるために、本山へ行くと言い訳して出て行ったと思うよ」と圭之介は旅立ちのなぞを推測する。

自由律俳句一すじに生きていく決心をした日から、山頭火はそれまでの過去を一切捨て語らない。それ以前の句も捨てている。もう過去は振り返るまい、と固い決意の旅になったのだ。

山頭火の旅立ちを知った井泉水は行く末を案じて、放哉が逝って無人のままの南郷庵に住ん

ではどうか、と尋ねている。それに対する山頭火の返事は、

私はただ歩いてをります、歩く、ただ歩く、歩く事其事が一切を解決してくれるやうな気がします、……先生の温情に対しては何とも御礼の申上げやうがありません、ただありがたう存じます、然し、悲しいかな私にはまだ落付いて生きるだけの修業が出来てをりません……放哉居士の往生はいたましいと同時に、うらやましいではありませんか、行乞しながらも居士を思うて、瞼の熱くなつた事がありました、私などは日暮れて道遠しであります、兎にも角にも私は歩きます、歩けるだけ歩きます。歩いてゐるうちに、落付きましたならば、どこぞ縁のある所で休ませて頂きませう、それまでは野たれ死をしても、私は一所不住の漂泊をつづけませう……。

山頭火は味取観音堂を出た年の「層雲」十一月号に、

分け入つても分け入つても青い山
鴉啼いて私も一人（放哉居士に和す）
炎天をいただいて乞ひ歩く

ほか四句を発表し、六年ぶりに「層雲」復帰を果たした。

「この道は私の行くべき、行き得る、行かないではゐられない、唯一無二の道である。それは険しい道だ、或は寂しい道だ、だが、私は敢然として悠然として、その道に精通する。句作が私の一切となつた、私は一切を句作にぶちこむ」

以降昭和十五（一九四〇）年十月に亡くなるまで、掲載された句は約五七〇句。放哉の意志と生命を引き継ぎ、山頭火独自のリズムを確立して句作しつづけた。

井泉水は「分け入つても」の句について、「『層雲』の道を分け入っても分け入っても、である。俳句を尋ね俳句を尋ねつゝ、である」と読み取る。伊藤完吾は少し違った解釈をする。「放哉は体が弱く死んでしまったが、俺には健康と歩ける足がある。これからは放哉亡き後の道を分け入って行こう。放哉の意志を俺はつないで行こう」と力づよく歩き出した句だと読む。

山頭火が小豆島を訪ね、放哉の墓参を果たしたのは昭和三年七月だった。島では放哉ゆかりの人たちに会い、話を聞いたという。井泉水に宛てたはがきが「層雲」十月号に紹介された。

それにしても生前放哉坊と一杯飲みかはし得なかつたことは残念でなりません、
明日からは禁酒の酒がこぼれる　　放哉

といふお作を思ひ出しては涙を流しました。そして放哉坊は死処を得た、大往生だ、悟り臭くなかつただけそれだけ偉大だつたと思ひました、

メイ僧のメンかぶらうとあせるより
ホイトウ坊主がホイトウなるらん

現在の私は、こんなところにおちついてをります、私は私一人の道をとぼ〲と歩みつゞけるばかりであります。　耕畝

放哉が逝って五年後の昭和五年十一月、「尾崎放哉句碑建立決算報告書」が「層雲」同人の河本緑石《りょくせき》らが発起人の「湖の会」から出された。総額三八三円五〇銭也。圧倒的に放哉の出身地鳥取県からの寄付が多く、「層雲」関係では井泉水他十五名足らず。そのなかの金一円の欄に「熊本市種田山頭火」の名前があった。放浪中の山頭火だ。
鳥取市興禅寺境内に建立された句碑は、放哉の絶句になった。

春の山のうしろから烟が出だした　　放哉

井泉水は山頭火と放哉を比較して、非常に類似点が多いと五つを挙げた。

「生まれが好かった事、高い教養を身につけていた事、中年以後大きな生活革命を実行した事、生活革命と共に俳句に精魂を打ち込んだ事、その俳句に依って自分の人生を完成した事」

何よりも異常な酒好きであることも似ている。伊藤完吾はふたりが「投げやりな世捨て人に見えるけれど、山頭火にしても放哉にしても几帳面ですよ」と言う。放哉は「入庵食記」に毎日の生活を記録し、やるべきことを明記した上ですんだものから消していく几帳面さ。自分から死を早めたように思われがちだが、同人に送ってもらう結核治療のカルシウム剤をひんぱんに注射していることは、生きる願望はつよかったと思われる。山頭火も十年間日記を書きつづけ、潔癖な生き方をしている。

いくつもの共通点を持ちながら、最後に選んだ道は違った。放哉は庵の中に独座し、山頭火は歩いて人を求めた。放哉は海を愛し、山頭火は山を愛した。

「このふたりを一度会わせたかった。そしてふたりして思うぞんぶんに飲んで語らせたかった」と井泉水は言ったが、境遇と酒好きは共通するけれど、と圭之介は首を傾げる。

「山頭火と放哉の性格は正反対。放哉は人嫌いでひとりがいいと人を寄せつけず、酔うと帝大出をひけらかすような人。山頭火は人懐こいから、人の中に自分から入って来る。山頭火は人がいないと生活出来ない男で、早稲田のわの字も言わなかった。ふたりの生き方はまるで違うと思うね。山頭火は放哉に逢いたがっていたけど、会っても長くは一緒におれなかったろうよ」

関東大震災後、「層雲」の運命を決める偶然が重なった。井泉水・放哉・山頭火の三者は仏門に入り頭を丸めていた。大正末から昭和にかわるとき、放哉は命がつき、山頭火は歩き出し、井泉水は「層雲」主宰の任務を背負って立ち直った。時を同じくして台頭したプロレタリア俳句作家は別の道を歩み、「層雲」は成熟期に入っていく。

しんしん雪　荷造りされた私の骨が　　　圭之介

スポンサー

飲んで食べて寝そべれば蛙の合唱　　山頭火

山頭火は、黎々火の勤務する国鉄門司鉄道局本局へ何度も訪ねてきた。其中庵を発って九州の旅に出るとき、下関から小郡の其中庵へ戻るときも、その通り道である門司港に黎々火の職場はあった。

「正面玄関は守衛がおって、局舎に入るさいに訪問先や名前や用件など問われるのが面倒じゃから、少し離れた東門に電話ボックスくらいの守衛室があるんで、そこから鉄道電話で呼び出してもらっていたね」

一度だけ、訪ねて来た山頭火を待たせたことがあった。エイプリルフールが日本に入ってきて間のないころ、職場に真面目な顔をして担ぐ人がいて、朝から騙したり騙されたりしていた。その人が電話をとり「近木君、東門にお客さんですよ」と言ったのだが、また嘘だろうとこちらも用心して知らん顔していたら、また電話が鳴り、今度は本当かもしれないと行ってみたら、山頭火だった。「遅くなったことを詫びると、怒りもせんで笑っていたね」。

いつも山頭火がやって来ると、繁華街の栄町で食事をさせ酒を飲ませるのが常だった。黎々火の職場は経理部だったが、二、三時間抜け出しても何も言われないのんびりした時代だった。退庁時間が近くなって訪ねて来ると、一分と離れていない門司駅の待合室でしばらく待ってもらった。

待合室は駅舎の左右にあり、左側の二等待合室には大きなテーブルに青いビロードのソファ、壁面の暖炉の上に大きな鏡があり、応接間のような雰囲気があった。右側の三等待合室は木製のベンチで、山頭火はその日の気分でどちらかの待合室にいた。

ある日、職場に女性から電話が入った。黎々火が受話器に耳を当てると、女性の華やいだ笑い声が聞こえる。何事かと思ったら、電話は下関のカフェからだった。「あんたの名前を言って飲んでる人がいるから、店に来てほしいの」。退庁時間を待って、カフェに急いだ。

関門連絡船に直結していた下関駅からまっすぐ山手に向かって歩くと、左に山陽ホテルがあり、一〇〇メートルほど行くと「山陽の浜通り」と交差する。四つ角に山陽デパート（現・下関労働会館）があって、山頭火はよくデパートの食品売り場を見て歩き、欲しいものの目星をつけていたりする楽しい時間のようだった。

現在は国道九号線になった「山陽の浜通り」は、映画館が三軒も並ぶ下関一の繁華街だった。「夜になると祭りのように人がぞろぞろ歩いていた」という。山陽の浜通りを横ぎって道一筋裏通りに、そのカフェはあった。

店内には三列にテーブルが並んでいて、右側の真ん中のテーブルに山頭火は座り、かなり酔っていた。客が来るにはまだ早い時間で手持ち無沙汰の女性たちが五、六人、山頭火のまわりに集まって歓声を上げている。上機嫌の山頭火は冗談を言って笑わせたり、流行歌を歌ってみせたり、飲み屋の女性の扱いは慣れたものだった。

「わたしもすぐ店を出るわけにもいかないから、三〇分ばかり一緒に付き合って店を出たけど、支払いは計ったようにその日のわたしの持ち金で足りたんだよ」

当時、黎々火の日給は一円二〇銭、財布にあったのは一円程度だった。

また別の日、下関西之端の映画館寿館で結城孫三郎の操り人形で「番町皿屋敷」をやっていた。観に行かないかと黎々火が誘うと、「いや、わたしゃ飲む方がいい」と山頭火は言うので、赤間通りの馴染みの鮨屋に入った。山頭火は握られた鮨を旨そうに食べながら飲んでいたが、「あんたの給料を、当ててみようか」と小声で言った。山頭火の言った金額と給与がほとんど違っていなかったので驚いた。

「勤めて間もないわたしの無理にならないよう、いつでもわたしの負担金は計算していたんだろうよ。山頭火は相手の懐具合を探る独特のカンを持っていたね」

だれかれなく迷惑をかけたのではなく、この人ならばこの程度まで大丈夫と推し量った甘えの行動様式を身につけていたのだった。一度訪ねたときに、家の人に自分は好意を持たれていないと分かると、二度とその家には行かなかったという。

後年移り住んだ、松山の一草庵時代のスポンサーだった高橋一洵の三男正治は、「彼の住所録を見ると、お小遣いをくれ飲ましてくれる人なら二重丸と一重丸で分け、ここは駄目という家はペケをつけていた」、頭の良い人だから看破する力を持っていたのではないか、と話す。

坊っちゃん育ちの山頭火だが世渡りの知恵や術は、放浪の旅先で木賃宿に泊り相客の世間師などと語らうなかで、鍛えぬかれていったのではなかろうか。「さて木賃宿にはお遍路、へぼ画家、支那飴売り、按摩、大道軽業の芸人、鋳掛屋、研屋、変わった世間師に馬具屋というものもある。時に山頭火が一興槍さびを唄うと、鋳掛屋がおどる」と圭之介は日記から拾う。

そのほか山頭火の交わった世間師は、猿まわし君、若いルンペン、ナフタリン売、土方のワタリ、ムッツリ薬屋、どまぐれ坊主、失業活弁などなど様々な人々との出会いがあった。昭和五年十二月十九日の日記に「彼等の話の、何とみじめで、そして興ふかいことよ」と記す。

歯がゆいほど人の善意を当てにして、行きあたりばったりの生き方をしているのに、山頭火に迷惑をかけられたことを、だれもが憎めないというから不思議なのだ。例えば、渡辺砂吐流《さとる》が下関郵便局に勤務していたときの話。大正六年三月十日、防府で「椋鳥句会復活記念大会」が開かれ、彼は山頭火と初めて顔を合わせた。砂吐流は同僚の小橋蓮男に誘われて「層雲」に入会したばかりで、ちょうどその日は十八歳の誕生日だった。山頭火は三十五歳。記念に次の句を短冊に書いてもらった。

水底いちにち光るものありてくれけり

山頭火は前年に防府市大道の酒造場が倒産して熊本に移っていたが、かつては椋鳥会の世話役だったこともあり、白船らの呼びかけで熊本から参加していた。久々の懇親会で酒を飲んだ山頭火は熊本へ帰る途中、小倉で飲み直し脱線してしまった。

椋鳥会が終わって三日後のことだった。小橋と砂吐流宛の山頭火の手紙を持って、宿の若いおかみさんがやって来た。「あなた方に対してこんな事を申上げては実に済みませんけれど金を拾五円ほど貸していたゞけませんでせうか。帰宅すれば直ぐお返しいたします、どうぞ私の心情をお察し下さつて此窮境から救ひ出して下さるやうに切に切にお願ひいたします」という内容だった。

大先輩であり、選者をするほどの山頭火の頼みだ。若いふたりは金の工面をして、小倉の旅館福徳に持って行った。「山頭火は頭から蒲団を引冠り気の毒なほど恥かしがっていた」と砂吐流はそのときの様子を書いている。その夜は自分の下宿に泊め、翌朝門司行きの連絡船乗り場まで見送ったという。

熊本へ帰り着いた山頭火から一週間ほど経って礼状が届く。「(略) 私にもかつてはあなたのやうな時代がありました、それが今はどうでせう、まるで、お別れした朝の関門海峡のやうに、どす黒く濁つて、いたづらに波立つてゐるではありませんか、私は破れ傷ついた胸を抱いてその日〳〵の餌を探す野の鳥のやうな生活を送つてをります(略)」

借用した金の返済はないままになったが、砂吐流はそのときの山頭火の手紙は大切にとっている。付け馬の持参した手紙は「傑作」と言い、礼状はなかなか「味のあるもの」と砂吐流に言わしめるほどのものだった。山頭火の人柄も憎めず、「なつかしき哉、山頭火」と思い出をつづるのだった。

昭和十一年の春、山頭火は東上の旅の途中に、伊豆から久しぶりに無心の手紙を砂吐流宛に出している。「いつものこと故、返金など全く当てにせず、早速彼の要求通り送金してやったが、その際私は、山頭火は行乞前の昔に比べ、大層行乞ズレ、借金ズレして来たなと、つくづく感じたことだった。私には今でも、行乞以前の山頭火がなつかしくてたまらない」と砂吐流は振り返る。

山頭火は無頼でやりっぱなしの人間のように思われているが、けっこう細かい神経を配って相手に応じた甘え方付き合い方をしている。それがだれからも憎まれなかった要因だろうと、圭之介は確信をもっている。

「失敗をしたり迷惑をかけたりしたあとは、青菜に塩で滑稽なほどションボリしていて、その姿を見ると憎めなくてね」。本当は潔癖性で遠慮深かったのだと、圭之介の目には映っている。

「山頭火はあれだけ人から金やら物やら貰ったけれど、ひとつも彼を悪く言う人はいないでしょう」

ときにカンは外れたが、飲ませてくれるところ、歓迎してくれるところを敏感に感じ取って生きていける山頭火は、スポンサーを見つける達人だった。


よいスピードのバックミラーの瑞々しい秋だ　　黎々火

シンプルに

濁れる水の流れつつ澄む　　　山頭火

山頭火は几帳面できれい好きだった。それなのに、世間一般では「ぐうたらで飲んべえで、その上汚くてだらしない」と受け取られている。それが圭之介には納得出来ないのだ。例えば、シラミにしても、「ある人が、山頭火が泊りに来たとき、玄関にシラミがボトボト落ちたと書いているけど、わたしとの付き合いのなかでは、そういうことは絶対になかったね」と、絶対に力がはいる。

山口県長府町三島の圭之介の実家に山頭火は何度も泊まりに来て、客用の絹夜具に寝せていたが、両親からシラミがいた話など聞いたことがない。圭之介が其中庵に行ったときには、一つしかない蒲団にいつも山頭火と一緒に寝たが、シラミ一匹もらったことも痒いと感じたこともなかった。

山頭火と交流した八年の間にシラミを意識したことはないが、死後三十年以上経って出版された日記を読んではじめて「山頭火とシラミ」が結びついたのだ。圭之介はあるとき思い立って、山頭火の句のうちで一万近い句を点検してみた。

虱がとりつくせない旅から旅
枯草の日向で虱とらう
蚤も虱もいつしよに寝ませう

などなど、「シラミ」は十四匹見つかった。すべて旅先での句だった。長い放浪生活をして、木賃宿を泊まり歩けばシラミも貰うだろう。

「それはだれだって同じで、山頭火だけが特別に汚くてだらしないわけじゃないよ」と、圭之介は一般的な見方を否定する。木賃宿の暮らしを山頭火は昭和五年十月五日の『行乞記』に「虱と米の飯を恐れては世間師は出来ませんよ、虱に食われ、米の飯を食うところに世間師の悲喜哀歓がある」と、同宿のお遍路さんの言葉を載せている。

山頭火が几帳面である証の一つは、何通も届いたはがきを見ればわかると圭之介は言う。行間は一定して変わらず、文面も乱れたところがない。旅の途中で泊まるときも「月末乃至月初には福岡地方へまゐります、その時はまた一夜のお宿をお願ひするかも知れません」と予告をし、黎々火が了承すれば「御温情に甘えて、十月一日二日三日の間に（多分、二日に）お伺ひいたしませう」と黎々火居に立ち寄る月日を事前に知らせてきた。そして日時が決まれば「明一日夕方五時頃にお訪ね致します」といったように、正確に連絡をしてやって来た。

その後で予定が変わったりすると、お詫びの言葉を添えたうえで、その理由と新たな訪問日を書き送ってくる。黙って約束を破ることなど決してなかった。また立ち寄ったあとは「たいへんお世話になりましていろ〳〵ありがたうございました」という礼状が必ず届く。日記に書いていなくても礼状を見れば訪問したことがわかるほどだ。

さらに驚かされるのは、一点の乱れもない庵の有り様だった。黎々火が出し抜けに其中庵を訪ねたとしても、山頭火はいつもきれいに整理整頓した部屋で迎えてくれた。踏み固められた三坪ばかりの土間は、ぞうきんがけをしたように艶やかに黒光りし、畳の上にはチリ一つ落ちていない。へっつい（かまど）の中の灰はかき出して畑にまき、燃えかすの木ぎれが中に残っているのを見たことがない。

六畳間の座り机の上には動植物図鑑や辞書類、ペン皿、日記帳などが定規で測ったようにまっすぐに置いてあり、脱いだ着物もかもいにぶら下げたり、畳の上に放っておいたりすることはなく、きちんと折り畳んで押し入れの柳行李にしまってあった。

「机上のみだれたるは心中のみだれたるなり」と山頭火は自分を戒め、不注意でものを踏みつけたり壊したりすると「こわした物が惜しいのではなく、こわす意志なくして物をこわすやうな、不注意な、落着のない心持が嫌なのである」と書き付けているように、几帳面で潔癖性の山頭火の一面が見えてくる。

山頭火は下着の洗濯や繕いは自分でやっていた。着るものも袷や浴衣などは妹や別れた妻のサキノがときどき送ってきたり、同人宅に立ち寄ったときに中古の背広やトンビ、下着などいただくこともあった。昭和九年九月十一日付の緑平宛のはがきに「或る友人が私に無理に背広の合服をくれました、すこし汚れてはゐますが、どうして上等の品です、最初は有難迷惑で、とても着て歩くやうな気はなかつたのですが、何の気まぐれから、一つこれを着込んで、ステツキをついて、のけぞりかへつて見ようかとも思ひますよ！　という訳で若し附属品の不用品がありますならいたゞきたし、悪い品ほど結構です」

圭之介は背広姿の山頭火を知らないが、人の話で聞いたことがあった。着慣れない洋服ではぎこちなかったろうが、ステッキまでは定かではない。

潔癖性の山頭火といえども困ったことは、袷や綿入れの洗い張りや仕立て直しだった。黎々火居に一泊したとき、そのことを察した母ウラは「よかったら仕立て直しをしてあげましょう」と申し出た。喜んだ山頭火は仕舞い込んでいた濃紺無地の袷を持ってきた。

「着物の事については恐縮してをります、あれはとてもひきうけてくれる方がないので、恐縮しながら、おたのみいたしました次第、どんなにでもよろしきやうにやつて下さい」とほっとした様子がうかがえる。ウラは二十日ほどで洗い張りと縫い替えをすませ、十二月には袷と、父織太の不用になった着物も添えて山頭火に渡した。

「着物ありがたうございました、さつそく着て野を街を歩きました、樹明君が眼をまるくして、よすぎるといひました、とにかくこれで、おかげで、この冬は寒がらないで暮らせませう、それにしてもたいへんなお手数だつたと思ひます、お添への一枚ありがたう存じます」と丁寧な礼状が届いた。着物は今年はどうやらこうやらすみます、またお願いしますと、仕立て直しの袷を着てこざっぱりした山頭火は嬉しそうだ。

昭和十年三月二十日付の「食べたいものはウルカですね」と、山頭火から差し入れを請うはがきが届いた。これにこたえて、庵の周りが桜色に彩られた四月六日、黎々火は白い陶製のつぼに入ったウルカと桜もちを提げて訪ねた。ウルカはアユのはらわたや卵を塩漬けにした高級珍味で、山頭火の大好物だった。

山頭火は裏の畑で育てたホウレンソウを摘み、黎々火が着くとすぐに酒盛りの支度に入れるように洗って待っていた。庵はすみずみまで掃き清められ、こころに清々しさを覚えた。そんなとき、明るく愉快で几帳面な、きれい好きの山頭火をいっそう好ましく思った。

黎々火君に
なつかしい顔が若さを持つてきた

山頭火はその日の日記に「おそくまで話しつゞける、子のやうな彼と親のやうな私、そして俳句の道を連れだつてす、む二人の間には、たゞあた、かいしたしみがあるばかりである」と記す。

「これがやもめの住まいかと疑うほどだったね。生活に濁りのない山頭火の一面を見るようだったよ」。圭之介の脳裏には、ものに執着心がなく、過去の一切と未来までも捨て、シンプルに生きようとした潔い山頭火の残像がよみがえる。酔っ払っていないときの山頭火は潔癖すぎるほど潔癖で、ごまかしや虚飾を許さない生き方だった。

「愚を守る」と題した山頭火の一文に、その人生観がほの見える。

「貧乏は自慢にならないが、さほど卑下するには及ばない ―― 金持が威張つてならないやうに。―― ただ私たちとしては貧乏によつて卑しくなり醜くなることは飽くまでも恥ぢなければならない」

一つの破庁が埋めた今日一日　　圭之介

コピーライター

あざみあざやかなあさのあめあがり　　　山頭火

〽踊りおどるなら　其中庵音頭
　いつも雑草の　いつも雑草のまんなかで

「其中庵音頭の一節をお目にかけませう、手ぶり足ぶりはヘタクソなほどよろしく、木魚たたいて踊ったならば最も珍妙なるべし」と山頭火は八幡の俳友に書き送った。これは山頭火作詞の「其中庵音頭」で、そのころ流行していた「東京音頭」（中山晋平作曲）の替え歌なのだ。

其中庵に立つと一段下がった畑に植えられた柿の木ごしに町の灯りがみえて、見晴らしは最高だ。風向きによって小郡駅の物売りの声が聞こえてくる。「ベントー、ベントー、ビールにマサムネ」。ビールに正宗と聞いただけで、酒を飲まずにはいられなくなる山頭火なのだ。今夜も庵にランプの灯が入り、酒盛りの宴たけなわ。もちろん相手は国森樹明で、子供の拳くらいの小さな木魚を叩きながら「其中庵音頭」を歌い踊り、ヤートナソレヨイヨイヨイと声を張り上げていたのだろう。

「酒に関する覚書（三）」によると、「さしつ、さされつ、お前が唄へば私が踊る、酒のみは酒のめよ、── 酒好きに酒を与へよ」と、顔を赤くして気分よく酔っている山頭火は叫び、日記に書き付ける。

「わたしは一緒に歌った記憶はないが、樹明らと飲んで興がのると『こんなのが出来たがどうか』と、歌っていたんだろうよ」と圭之介は言う。

その木魚は東京へ転勤になった門司の亀井岔水に、お別れの餞別として渡している。座蒲団を敷いた木魚は掌に載る小さなものだった。

酒といえば「酒と句、この二つは私を今日まで生かしてくれたものである」と山頭火に言わしめた生命水。その酒が固形であったらと山頭火ならではの発想をしているのが面白い。

固形アルコールについて
味ふ酒は液体でないと困る。

酔ふ酒は個体が便利だ。
丸薬のやうに一粒二粒といつたやうな。
酒量に応じて、その場合を考へて、
一粒とか十粒とかを服用する。
一粒ほろ〳〵十粒どろ〳〵などは至極面白からう。
酔丹といふ名はいかが！　或は安楽丸。

いまの世も「酔丹」とか「安楽丸」という固形アルコールの発売を待っている人も多いかもしれないが、未だ実現に至っていない。山頭火も残念に思っていることだろう。

山頭火は何をするにも名目をつけるのが好きだった。樹明と黎々火と三人で有り金をはたいて豆腐を買って飲んだ日を「豆腐を食べる会第一回」と名付けるが、二回目は開かれないままだ。またあるときは庵から見た月が美しく、突然「観月会」にしようとなり、この会は三年で三回つづいた。岔水と三人の「本の回読会」もその場限りで終わりだった。山頭火は発想はすばらしいのだが、継続性のないのが欠点で一発勝負が性に合っているようだ。

「才能はあふれるように持っていた山頭火の発想の良さは、現代に生きておればコピーライターとして大成したでしょうね」と言うのは伊藤完吾。圭之介も「堅苦しい話はぎこちなかったが、酒の失敗談を話すときは口もなめらかで面白かった」と言うように、多少はデフォルメされているだろうが、人のこころを捉える巧みな話術をもっていたに違いない。

山頭火といえば苦悩の俳人のイメージがつよいが、今で言うコピーライターとしての天分があり、切り口の鋭さとユーモアとが相俟って名文句を残している。

○嬉野はうれしいところです。
○マコト、ソラゴト、コキマゼテ、人生の団子をこしらへるのか！
○老の鼻水。
○オモヒデはトシヨリのキヤラメル。
○空は風ふく、私は咳する。

発想と語呂のよさ、類似した言葉を重ねることで、深刻さを軽快にして端的に表現する。
○ぼうぜん、あんぜん、そしてゆうぜん、とうぜん。
○いよ〳〵アル中毒患者だ、私も俳人から廃人になりつつあるのだらう！
○カルモチンよりアルコール、ちよいと一杯やりましよか。

アルコールよりカルモチン、ちよいと一服もりましよか。

黎々火宛のはがき文にも

○飲むわ、食べるわ、しやべるわ、はしやぐわで……

感覚の鋭さは言葉の表現だけではない。好奇心旺盛で観察力のある山頭火は、旅先の地名や歴史、人の暮らしにも興味を示してさりげなく日記に書き込んでいる。その事が個人の日記を民俗史としても価値をもたせているのだ。山頭火の好奇心は、何気ない会話にも敏感に反応し、うっかり見過ごすような店の貼り紙にも目を止めて、書きつづる。

押売の押売
これは鏡子君の話、君の門柱には、物貰、押売謝絶の札がうつてゐる、あれは或る日男がきて、無断でうちつけて、さて十銭ですといつたのださうな、——これこそ押売を排する押売だらう！

油津町にて

ある古道具屋に、「御不用品何でも買ひます、但し人間のこかしは買ひません」と書いてあつた、こかしとは此地方で、怠けものを意味する方言ださうな、私なぞは買はれない一人だ。

旅に出たときの山頭火は句も日記も活き活きとして、あふれるような好奇心はあらゆるものを新鮮な感覚でとらえ、大自然の中を風を切って歩く山頭火がいる。

「其中雪ふる一人として火を焚く」（句・山頭火、画・黎々火）

山頭火の旅日記を読んでいると、風景が、人情が、心情が、あますところなく的確に表現されていて、読む人の旅ごころをかきたてる。昭和四年に阿蘇で荻原井泉水と別れて、日田から大分を巡る旅日記を読むと、「雑木紅葉のうつくしさ、浸つてをる湯のこころよさ、水のうまさ、人のよさ」これだけの表現で杖立のすべてと山頭火のこころ模様が手にとるように伝わってくる。「絵の具をぶちまけたやうな雑木山の色彩」の山を越えて「秋風に送られ、時雨に迎へられてここまで来ましたが」と大分の臼杵に着いた山頭火は「濡仏となつて臼杵の石仏を拝観しました、或は鑑賞し、礼拝してゐるうちに、すつかりうれしくなつて、抱きつきたいやうな気分になりました、そして豆腐で一杯やりました、こんなに親しみのある仏様、こんなにうまい酒がメッタにあるものではありません」と記し、紀行文としてもすぐれていることがわかる。

其中庵の机の上には動植物図鑑が置いてあったというから、名も知らぬ花を見つけては確かめ、鳥のさえずりを聞いて名前をさぐり、庵に侵入した虫たちを観察したのだろう。植物や鳥などにも温かい視線を注いでいる。

また大地主の長男に生まれた山頭火は幼いころから芸事を習っていたのか、宴席で三味線に合わせて唄ったり踊ったり、また木賃宿で耳にする新内流しに「明鳥らしい、あの哀調は病める旅人の愁をそゝるに十分だ」とちょっぴりセンチになったり、隣の蓄音機から流れる青柳を聞いて昔ムチャクチャに遊んだ時代が恋しくなったりする。かと思うと流行歌も好きでよく歌っている。生まれの良さと高い教養、さらに市井の体験を加えて、人間臭い山頭火の魅力が培われていったのだろう。

「暗いというのは性格でなく、境遇がさせたんだろうと思う。本質的には社交性がある。山頭火自身は気付かないかもしれないが、人を惹きつけるものを持っていたね」と圭之介は山頭火に不思議な魅力を感じていたという。

現在、さまざまな公告ポスターに山頭火の俳句が使われているが、俳句そのものがコピーとして通用している。一度聞いたら忘れられないリズムがあり、簡潔で歯切れがよくて情景がうかび、ドラマの一コマを見ているように立体感があるのだ。いくつかを記してみると、

すべってころんで山がひっそり
ひよいと穴から、とかげかよ
あるけばかっこういそげばかっこう

といった具合である。山頭火は、コマーシャル作家のはしりだったかもしれない。生まれてくるのが早すぎたのだ。

自画像をすこし笑わせておく　　圭之介

袈裟の功徳

物乞うとシクラメンのうつくしいこと　　山頭火

山頭火が生涯のうちで自ら働いて生活費を稼いだのは、上京した間の二年ぐらいで、この間が最も長いサラリーマン時代だが長続きしていない。人生後半は人の懐をあてに生きたといっていいだろう。生活者として計画性のなさ、金銭的にもルーズでいいかげんな印象がつよい。ところがそれは「層雲」のなかだけで、山頭火も外の世界では甘えが通用しないことを知っていて、「層雲」以外の人から借りたときは、お金が入るとまっ先に返している。

「彼の運を決めたのは、熊本で市電を止めたことだろうね。自殺するつもりだったのか、酔っ払って線路に入ったのかわからないが、あれがもとで出家して法衣をまとうことになったのは大きいよ」。何が幸運のカギになるかわからない、と圭之介はしみじみと振り返る。

大正八年に志を抱いて上京したはずの山頭火だったが、夢破れて熊本に戻り生活は荒れるばかりの日を送っていた。大正十三年十二月に酔っ払って市電の前に立ちはだかり、曹洞宗報恩寺の望月義庵和尚に預けられる。翌年二月に出家得度して耕畝と改名したことが一大転機となったことは既に述べた。

つまり放浪が行乞修行になり、借金がお布施に変わった。法衣に守られた山頭火の、新しい門出となった。法衣を着た山頭火にお金を渡す同人たちは、返してもらおうなど一切思わず、逆に何かしてやりたい助けてやりたいと思う気持ちになったという。山頭火も相手が同人のときは、頂戴したものと有難く納めていた。

「自分から何か所望するときは一応、『来月出来の句集と交換する事にして――』とか『代金は一時お立替を願ひます』など気を使っていたからね」。そんな山頭火を可愛いと圭之介は言う。「層雲」内では貸し借りのいざこざを聞いたことはない。

「もし奥さんがいたり、背広にネクタイ姿の山頭火だったら、そうはいかなかったろうよ。なんでこの男は働かないんだろうとお金を出すのをためらったかもしれない」。人の懐を頼って生きることが出来たのも法衣に守られたからだ。

山頭火自身も『行乞記』のなかで「幸運」の感謝をつづっている。

「三時間ばかり市街行乞、今日一日の生存費だけ頂戴した、勿体ないことである、壮健な男一匹が朝から晩まで働き通して八〇銭位しか与へられないではないか（日雇人足）、私は仏陀の慈蔭、衆生の恩恵に感謝せずにはゐられないのである（具体的にいへば袈裟のおかげである）」。

吠えつゝ犬が村はずれまで送つてくれた

また別の日の日記にも拒まれるに値いするものとして「これも行乞中に感じたことであるが、すげなく断られるのが当たりまへだ、米でも銭でも与へられるのは、袈裟と法衣とに対してだ」とも書き反省している。

ちなみに昭和八年一月から八月まで日記に記された行乞所得を拾い上げてみると、回数二八回、一日の所得の最高は米四升一合、金は九六銭。平均すると一回の行乞で米一升八合と四五銭。宿代が三〇銭前後だからまめに行乞すれば、男ひとり食うに困らない稼ぎになる計算だ。

といって山頭火が袈裟の威力をかさに、行乞したわけではない。いつもこころの準備を整えたうえで、鉄鉢を手に他人の家の前に立ったのだ。

「本当は行乞をするのが嫌だったんだよ。でもやらないと宿代や食事代に困るから、何かきっかけが欲しかったんだね。例えば、子供が遊んでいるとか、踏切番小屋があるとかね。それを見て気持ちを行乞へと動かしたんだろうね」と圭之介はいつかそんな話を山頭火に聞いた記憶があった。

柳ちるそこから乞ひはじめる
橋を渡つてから乞ひはじめる

山頭火は、俳句に詠んでいるように行乞を躊躇し、きっかけを欲しがっている様子がうかがえる。きっかけが出来ていても体を動かすまで、山頭火はさらに時間を要した。「ただ貰うだけでは乞食と同じと彼は考えたんだ」と圭之介は説明する。

行乞記に、山頭火は「自ら省みてやましくない境地」とか「せめて乞食根性を脱して」と表現し、どんな心理状態になれば自らにゴーサインを出せたかを明らかにしている。そして、行乞に向かう心模様を「行乞相」と呼び、「行乞相をととのえて」とか「今日の行乞相はよくなかった」などと使っている。これは、準備が十分に整わないまま、金銭や食べるもの欲しさに行乞をしたということである。

一方で、昭和五年九月二十九日の『行乞記』には、こんな告白を記している。「しばしば自分は供養をうけるに値しないことを感じざるを得ない場合がある。昨日も今日もあつた、早く通り過ぎるやうにする」。貧しそうな家から全財産の何分の一かに当たるかと思われるほどの米を差し出されたときなどがそうで、とても受け取る気持ちにはなれないのだ。

山頭火は門立ちをして金銭や米を受け取る行為に、つねに後ろめたさを感じ、恥じ入り、尻込みをしている。だが食うために止むを得ず行なう必要にせまられたときは、自分のこころを叱咤激励するためにさまざまな言い訳をするのだ。昭和八年十一月二十一日付の黎々火に届いたはがきには、「明日から宇部地方へ出かけます。四五日行乞をして、多少の小遣銭を搾取してきます、嫌だけど仕方ありません」と本音をもらしている。

私は山頭火の行乞流転の旅を、己れと闘う修行僧のような孤独と厳しさを重ねたり、あるいは不幸な亡くなり方をした家族の菩提を弔うためといった、悲壮さと哀切に満ちた姿を思い描いてきた。

生死の中の雪ふりしきる
雪の法衣の重うなる（雪中行乞）
鉄鉢の中にも霰

などの句を読むと、山頭火の旅の厳しさが胸に迫る。

ところが其中庵に落ち着いてからは、ほとんど行乞をしていない。それどころか背広・時計・夏羽織の質入れはいいとしても、経本・念珠、袈裟まで金に替えて飲んでしまうのだ。その堕落をいちばんわかっているのは山頭火自身だった。

質草一つ出したり入れたりして秋

けふから時計を持たないゆふべがしぐれる

ある日、その日の米もなくなり嫌々ながらも行乞へ行こうと重い腰を上げた。

行乞は一種の労働だ、殊に私のやうな乞食坊主には堪へがたい苦悩だ、しかしそれは反省と努力とをもたらす、私は行乞しないでゐると、いつとなく知らず識らずの間に安易と放恣とに堕在する、肉体労働は虚無に傾き頽廃に陥る心境を建て直してくれる、――この意味に於て、私は再び、行乞生活に立ちかへらうと決心したのである。

と殊勝な気持ちになって出かけようとしたとき、そこへ樹明から「米は私が供養しますから鮒釣に行きませう」と誘われると、二つ返事で鉄鉢を魚籠に持ちかえ「人生は時に応じ境に随うてこだはらないのがよろしい」と安易な方に流れる山頭火のいいかげんさ。

さて、山頭火は本当に貧しかったのだろうか。日記では「米がない、銭もない、麦はある、それを炊いて食べる」「米がなくなつた（銭は無論ない）、絶食もよからう（よくなくても詮方がない）」「ひさしぶりの入浴」などなど、食べ物もお金も無い日の苦しさを綿々とつづっている。行乞すれば庵で生活するに余りある収入になるのだが、行乞相を整える気力すらなくしているのだ。

其中庵時代は支援者の国森樹明がほとんど毎日のように訪ねてきては、食べ物や酒そしてお金をわたしている。庵を訪ねて来る同人たちも独居の山頭火を思い、酒と食べ物の手土産は決して忘れない。さらに緑平ら同人から送られてくる「うれしい便り」は送金のことで、自発的なものや無心の手紙に応えたものだった。

「ゲルト五円貸して戴けますまいか、宿銭がたまつて立つにも立たれないで困つてゐるのです」

「ゲルト二〇御都合出来ませんでせうか、実は四月、五月と自棄酒を飲んだため、（略）その内二〇位早く払はないと面倒な事が起こる立場に居るのです」

「ゲルト三円五十銭送つていたゞけますまいか、少し飲みすぎて□□□□を買つたのであります」

水を渡つて女買ひに行く

緑平に宛てた無心の手紙である。

余談になるが圭之介は俳人の眼でこの句を読み、秀作の部に入ると言った。

「秋雨のとか月夜の中というのでは、ぶち壊しで詩がないけれど、水を渡ってとしたところに日本の古典的な詩のある秀作になったと思うよ」。切羽詰まったときに詠んだ句だろうが、俳人山頭火の面目躍如である。

昭和九年十月二十五日に山頭火はサキノと話し合うため熊本へ出発。その帰りに糸田村の木村緑平を訪ねてから、飯塚に住む息子の健に会い翌月の一日に帰庵。七日付の緑平宛の手紙には「飯塚では一泊して健とよく話しました、親子らしい情を何年ぶりかで味はひました、彼も私が老衰してゐるのに驚いて――あまりに早い老衰ですね、ムチヤクチヤな生活を続けてきた罰ですね――今後は歩きまはらないやうに庵に落ちついてゐて下さいといひます、月々米塩代だけはどんなにしても送つてあげますといひます、私は彼から金を貰ふことはほんたうに心苦しいのです」と書き送る。

健の送金が始まったのは翌月からで、山頭火が亡くなるまでつづいている。金額は初めは一〇円で、満州の炭鉱に渡ってからは一五円から二〇円になった。結婚したばかりの若い健にとって、毎月の送金は大変だったろうと察しがつく。息子から金を貰うのはこころ苦しいと言った山頭火だが、親孝行にすがり毎月首を長くして待つ唯一の定期収入だった。

「あの時代は親孝行として当たり前の考えだったけれど、普通の親と違う山頭火の性格を知らなかったんだろうよ。みんな酒に消えてしまった」と圭之介は同年代の健の心根を思いやる。

山頭火自ら「食費は一ヶ月まづ五円位」あればいいという其中庵の生活だ。仕送りだけでも足りないはずはないのだが。

つまり山頭火に計画性があれば、決して食うに困る状態ではなかった。お金が入れば明日の米代も考えずとことん酒を飲んでしまうためで、あまり同情の余地はない。

「山頭火は放浪のホイトウのような生活をしたことについても、悔いてはいなかったと思う。母親が自殺しなかったら、酒造工場が倒産しなかったら、どこかの会社に勤めて一生を終わったかどうか。山頭火には絶対出来ないよ。ああいう生き方をせざるを得ない彼の性格だったんだよ」

人が作ったレールの上を歩くことの出来ない人間だった、と圭之介は確信している。

らんぷが家の中につき彼が心中にある煩悩　　黎々火

酒飲めば涙ながるるおろかな秋ぞ

山じいさん

雨だれの音も年とつた　　山頭火

「此頃、食慾が減退して、そして歯がぬけて、やはらかい物しか食べられないので、閉口してをります、といふ訳で、御無心を申上げますが、山陽デパートの鯛の雲丹漬を一つ送つていたゞけますまいか」

昭和九（一九三四）年十二月十三日の日付で山頭火のはがきを受け取った黎々火は、早速デパートで買い求めて其中庵へ送った。

十八日付の礼状では「今朝正に小包落掌、おいしくお昼飯をいたゞきました」とおいしそうに食べた様子がしのばれ、安心したという。そのあとに「此頃は食欲がおとろへて困つてゐるのです」とあり、歯がぬけて食欲が落ちたという山頭火が気がかりになった。

昭和八年三月に黎々火が初めて会ったとき、五十歳の山頭火に前歯が一本見えただけだった。

奥歯が何本あったのか定かではないが、山頭火に歯のないことを意識した記憶がない。口元にしわが寄るとか顔が短くなるとか老人臭い顔ではなく、みんなと変わりのない顔で固いものでもよく食べていた。山頭火と接してきた八年間、虫歯が痛むとか歯医者に行ったとか聞いたことがなかった。

「歯が抜けるまで虫歯でさぞ痛かったことだろうよ。いま思えば、どうしていたんだろうね。治療には金がいるし、保険もないし、我慢していたんだろうよ」

実際、歯痛にはかなり苦しんだようだ。日記にその様子がたびたび書かれている。

「終日歯痛、歯がいたいと全身心がいたい、一本の歯が全身全心を支配するのである。夕方、いたむ歯をいぢつてゐたら、ほろりとぬけた、そしていたみがぴたりととまつた、――これで今年は三本の歯がなくなつた訳である」

「歯痛（苦痛は人生を味解させる）」と書いた十日後、「歯がぬけた、痛みもとれた、うれしい晩酌でありました」とあり、よほどうれしかったのだろう。

ぬけさうな歯を持つて旅にをる
たつた一本のは歯がいたみます
ほつかりとぬけた歯で年とつた

長年苦しめられてきた歯痛とも別れほっとしたものの、歯のないさみしい気持ちもかくせず「私の前半生はこゝに終わった」と多少センチメンタルな山頭火だったが、五日後には「歯のない生活、歯がなくなると、歯齦が役立つ、手が加勢する、人生はまことに面白い」という心境に至っている。

そんな状態で大好物だったのは、「酒と刺身と、それから餅」と十二年二月二日の『其中日記』に書いている。「世の中に餅ほどうまいものはない、すいもあまいも噛みしめる味」と戯作一首を詠むほど餅が好きなのだ。歯ぐきで懸命に噛んだらしい。

噛みしめる五十四年の餅である

もちろん、柔らかくて食べやすい豆腐もなくてはならない好物だった。歯のない山頭火は好んで豆腐を食べた。もともと豆腐が好物ということもあるが、粗食の山頭火にとって、豆腐はタンパク質を取るにもちょうどいい。

「何よりも安く買えたからね」と圭之介。

一丁が三、四銭だった。栄養豊富で、一丁あれば腹いっぱいになる食べ物はほかにない。食べ方は野菜をたっぷり入れた湯豆腐が多く、残った汁で雑炊もできる。夏場は冷奴にもした。

国鉄小郡駅前においしい豆腐屋があり、其中庵の客は山頭火の豆腐好きを知っていて、そこで買って持っていく。店の人も覚えて「あのお坊さんのところですね」と包んでくれた。

　いつもの豆腐でみんなはだかで

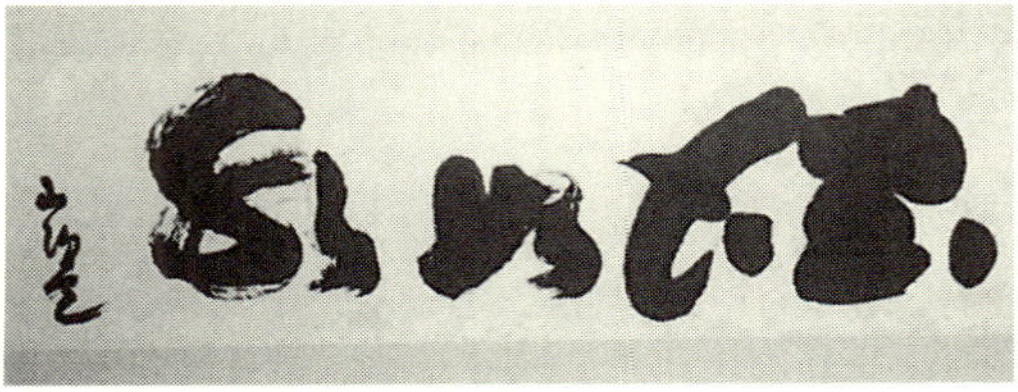

近木圭之介居の客間に掛かる「淡如水」の扁額

骨太で、行乞で鍛えた脚力があり頑健と自らも認める山頭火だが、食生活の乱れや暴飲も影響してか、老いは歯だけでなく早くやってきた。山頭火が其中庵を結んだのは五十路に入る三カ月前の昭和七年九月だった。旅人生に疲れ、老いを感じたのだ。満五十歳になった同年大晦日には、日記にこんなことまで書いている。

「昭和七年度の性慾整理は六回だつた、内二回不能、外に夢精二回、呵、呵、呵、呵」、呵を四回重ねることで、照れ笑いをしている山頭火の顔が見える。人に読まれるかもしれない日記に性欲処理回数まで記したことについて、「山頭火という人間の無垢で純粋な性格が、とってもよく出ている」と圭之介は笑う。

老境は深まる。五十二歳の誕生日を迎えた山頭火から十二月八日付のはがきが届く。「私は此頃、老境の感傷といつたやうなものになやまされてをります、あなたのは青春の焦燥でせう、とにかく生きてゐることもなかく〵むつかしいものですね、といつて死ぬることはもつとむつかしいやうですね」

さらに日記にも「私にはもう、外へひろがる若さはないが、内にこもる老ひはある、それは何ともいへないものだ、独り味ふ心だ」とずいぶん感傷的だ。四日後にも「性慾はなくなつた、食欲がなくなりつつある、つぎには何がなくなるか！」と、老いの感傷は綿々とつづく。

昭和十一年十月十四日、「私が昨年来特に動揺してゐたのは、老年期に入る動揺のためであつたと思ふ、不安、焦燥、無恥、自暴自棄、虚無、——すべてがその動揺から迸つたのだらう、そしてそれに酒が拍車をかけた、私の激しい性情が色彩を濃くした」と、冷静なときの山頭火は己を観照できるのだ。

圭之介居の客間に「淡如水」（淡きこと水の如し）と書いた大きな扁額が掛けてある。昭和十年の初秋に山頭火が泊まったとき書いてもらったものだ。晩酌で酔っていた山頭火は、たっぷりと筆に墨を含ませて淡の字を書いた。墨は紙ににじみ出て、酒とも法とも読める黒々とした文字になった。山頭火はハッとしたらしく「書き直す」と言ってくれたが、にじんだ太い文字も面白くそのままつづけてもらった。

「一切の感興を捨てゝしまつて淡々として水のやうな心のうちに湧くまことの感激に生きたい」と願い、水の流れるように生きることが山頭火の晩年の心境であり念願だった。

圭之介はこう推測する「酒をひかえて水を飲もう。どろどろした生き方から抜け出したい、という山頭火の願望だったと思うよ」。

へうへうとして水を味ふ
音はしぐれか

近木圭之介居の庭にある山頭火の句碑

余談になるが昭和五十一年の山頭火三七回忌に、圭之介居の庭に古い門柱を利用して前記の句を刻んで二基建立した。へうへうは昔の仮名遣いで、いまはひょうひょうと書くのだが、各新聞は申し合わせたように「ヘラヘラとして水を味ふ」と紹介したのだ。

「いくら山頭火がテレ屋であったにしろ、ヘラヘラでは水の味どころではないわね」と圭之介も苦笑したという。

其中庵に入って丸四年たった昭和十一年十月十日の日記に、独居の寂しさも合わさったのか「小猫でも飼はうかなど、思ふ（略）こんなことを考へるのは年齢のせいか、秋だからか、とにかくペットが欲しいな、時々オイボレセンチを持て余す、どう扱ったらよからうか」とこぼしている。二年ほど前に山頭火が「S」と呼ぶ犬を其中庵で預かっていたことがあった。そのときを思い出し、慰み物を欲しがったのだろう。

若かったせいもあるが黎々火は「山頭火が老いつつある」との実感はなかった。当時から俳友たちは山頭火を「山《やま》じいさん」とか「山翁《さんおう》」と呼んでいたが、黎々火はそれにならっただけだ。山頭火より七歳も下の木村緑平も「緑平老」と呼んでいる。そのころの翁とか老には尊敬の意味が込められていたのだ。

「山頭火も実際にはとてもじいさんには見えなかった。大人だなと思っていたんだよ。自分が五十代になって、あの時山頭火は五十代だったんだと考えたら、不思議な感じがしたんだよ」

描き継ぐいのち　花体くずれず　　圭之介

東上の旅

はてしなくさみだるる空がみちのく　山頭火

昭和十一年三月から七月にかけて、山頭火は約四カ月半に及ぶ東上の旅に出た。旅の表向きの目的は四月二十六日に東京で開催される「層雲二十五周年記念中央大会」に参加するためだが、その前後に関西から信州、新潟、仙台などを巡って同人を訪ね歩いたのだった。

同年の年明け早々、山頭火は其中庵を発ち、新たに『旅日記』を書き始めた。すでに老いを感じており、「最後の長旅になる」との思いがあったのか。まずは中国、九州地方の同人宅をまわり、いよいよ「東上の旅」に出発するため北九州・若松の同人から旅費を借りて、三月四日に門司の亀井岔水を訪ねた。その夜、黎々火も加わってささやかな壮行会となり、岔水居で三人一緒に眠った。

その日黎々火が持ってきた山頭火の第四句集『雑草風景』の扉に、山頭火はつぎのように書いた。

ふたゝびここにあつまりて
関門風景を眺めつゝ、
わかれの酒杯を飲み干す
丙子　三月四日　　山生

翌五日朝、ふたりは山頭火を見送るため八時前に門司埠頭へ向かった。上海と神戸を航海する「ばいかる丸」の大きな船体が、すでに入港していた。船室まで山頭火の荷物を運ぶと、黎々火は前日岔水と話し合って「見送りがふたりでは寂しいから」と、用意していた色とりどりのテープを山頭火に渡して船を降りた。山頭火もテープを投げるのは初めてとあって、面白がっている。

デッキには人があふれ、その中に山頭火が立っていた。オペラ歌手の藤原義江の顔も見える。ふたりは「行ってらっしゃーい」「お元気でー」などと叫びながら、山頭火の投げたテープを両手に握りしめた。これから始まる東上の長い旅に、期待と喜びいっぱいの山頭火だった。

「山頭火は別れるとき決して振り返らないと言われているけど、このときばかりは船がめかり岬をまわり消えていくまで、デッキに立って見ていたね」。

黎々火と緑平は山頭火を見送ったあと、それぞれの職場に出勤して行った。

春潮のテープちぎれてなほも手をふり

ちぎれてテープのしばしたゞよふ

門司埠頭にて山頭火を見送る（画・近木圭之介）

「私も此旅で建直しハ出来ないまでも色揚げは出来ませう」と船中から黎々火に第一報が届く。六日に神戸に着き、山頭火は「上陸第一歩、新らしい気分であつた」と旅日記に記す。「層雲」の選者であり生き方の物珍しさも手伝って、その後は同人を訪ねては手厚いもてなしを受け、二十二日には「もつたいなや、けふも朝湯朝酒」と友の親切に感謝の念をつづっている。

訪ねる先々で歓迎会が開かれ、観光地を案内され、たばこ銭、酒代、旅費のお布施を受けて旅をつづけ、四月五日に東京に入った。上京したのは、関東大震災で命からがら熊本に逃げ帰ってから十三年ぶり。都会の華やかさが酒好きをすっかり興奮させた。荻原井泉水に借りた着物と下駄を履いたまま行方不明になり、「層雲」関係者を心配させる一齣もあった。

宿泊先となる、「層雲」の編集を手伝っていた五味永信居を訪ねるとき、井泉水は紹介状を書き山頭火に持たせた。「この方は山頭火君です。この人を一週間位泊めてあげて下さい。この人はお酒がたいへん好きです。おばさんに頼んで毎日お酒を上げて下さい。追伸、この人は持ち合せは全然ありません。しかるべく」。山頭火は毎日毎日ごろごろして寝ながら酒を飲んでいたという。

四月十七日から静岡県の伊豆半島に移動し「ノンキだね、ゼイタクだね、ホガらかだね、モッタイないね！」と山頭火でたらめ道中を楽しんでいるうちに持ち金を使い果す。四月十八日に伊東から、東京の渡辺砂吐流宛に「二十六日の大会までには是非とも引返さなければなりません、といふ訳でまことにすみませんけれど旅費として、東京へ急行の費用として五円立換を願ひます、二十七日頃入手する金があります」と無心の手紙を出す。下田郵便局で送金を受け取り、ようやく大会に間に合った。

四月二十六日、築地の料亭伊吹で「三〇〇号及び満二五周年記念大会」が催された。伊吹へ着いた山頭火は物貰いと間違えられて、玄関番に断られる一幕もあった。大会後は、法衣も網代笠も投げ捨てて浅草で遊びに遊ぶ。黎々火には五月五日付のはがきで「とかくヤクザになつて困ります」と書き送っている。五月六日、いよいよ東京をあとに甲州街道を通り信州へ向かう。

東京から今回の旅の一番の目的である信州へ行くにはわけがあった。前々から、黎々火は「無相庵」を構えて素朴で味わいのある句を詠う同人の関口父草・江畔親子のことを山頭火に話し聞かせていた。その人柄や浅間山、千曲川のつくる風景などに引かれ、黎々火は九年と十一年の正月にすでに訪ねていたのだ。山頭火もつよく関心を抱き、江畔とハガキのやりとりをしながらしきりに逢いたがっていた。

黎々火（中央）と関口父草・江畔

山頭火は無相庵で五泊した。日記に「お、浅間！　初めて観るが懐かしい姿」「羨ましい家庭であつた」と書き、関口親子を「父子草」と呼んだ。

風かをる信濃の国の水のよろしさ

と詠んだ信州から、「酒と女に沈没」の新潟、山形へ。山頭火が訪ねる同人宅へは、前もって「山頭火に酒を与えるなら時間をみて小刻みに与える方がよかろう」などのアドバイスが廻っていた。

スポンサーを見つける達人山頭火も、その旅ではカンが狂った。昭和十一年六月、東上の長旅の途中、山形県鶴岡市の層雲同人・和田秋兎死《あきとし》を訪ねたときの脱線ぶりはのちのちまで語り種になっている。和田家は、もと酒田藩の家臣で学者の血を引く家柄で、二千坪の屋敷を領していたという旧家だった。「大きな家を見て、ここなら大丈夫飲めるぞ、と思って行ったのでしょうが」と伊藤完吾は言う。それは祖父の時代までで、すでに和田家は没落していて、電気料金の集金に歩きながら生計をたてていたのだった。

秋兎死は朗詠がうまく同人たちはその余興を楽しみにしていたが、東京まで層雲大会に行くにも旅費がなかった。毎年主宰者の井泉水は旅費を送り、やっと参加できるといった内情だったという。

秋風の吹くころ訪問したいと書いた山頭火のはがきを受け取った秋兎死は、「せめて酒くらいは充分に摂らせたいと蔵書をうったり、他人の宿直を代わって、銭を溜めた」(『山頭火研究と資料』春陽堂書店)。六月十三日に訪れた山頭火をこころから歓待した。秋兎死の朗詠を所望したり半折を書いたりと山頭火は二、三日過ごしていたが、行乞すると出たきり、四、五日経っても戻ってこない。心配する秋兎死のもとへ、鶴岡の一流料亭新茶屋から報せが入った。

かけつけてみると山頭火は座敷で「鶴岡きっての名妓をはべらせて、三味に合わせ、野崎詣りなどを閑閑と楽しんでいた。さてその支払いだ。とても足りるものではない」。

ところがその料亭だけではなく、湯田川温泉にも行って、飲み代の代わりに荷物を預けて来たという。その支払いに出向き、荷物を受け取って来た。ほっとしたのもつかの間で市内の二流料亭から山翁が沈没していると連絡を受け、迎えに行ったのだった。「私としてはすこしもうとむ気持にならなかった。ともあれ二料亭や湯田川の借財には、金銭に縁の無い私は相当頭をいためた」と秋兎死は記している。

さて当の山頭火だが、秋兎死の単衣を借り手拭い一本持って、近所の銭湯へ行ったきり消えてしまったという。すべての荷物は置いたままだったので後日、「鶴岡の事は慚愧に堪えません、記念に御詫びのしるしとして、網代笠と愛用した杖を差上げます、法衣と手廻りの品だけ送つて下さい」とはがきが届いた。

「ユカタ一枚着たきりで、どうして太平洋岸の仙台にたどり着く事が出来たか――」と、どこまでも秋兎死の気をもませる山頭火だった。

山頭火（中央）と海藤抱壺（右）の自宅にて、

六月二十三日に仙台の同人の海藤抱壺を訪ねている。肺結核で長年病床にあるが、井泉水は山頭火と並べて「層雲の名存在」と認めるほどの人物だった。以前抱壺が送ってくれた松笠風鈴を庵で聞きながら、

風鈴鳴ればはるかなるかな抱壺のすがた
風鈴しみぐ〳〵抱壺のおもかげ

と詠んでは仙台の抱壺に想いを馳せる山頭火だったのだ。

「抱壺が学生時代からベッドに寝ているのを知っているから、先輩として見舞って慰めの言葉をかけてやりたかったんだろうよ」と圭之介は言う。「やうやく宿願をはたしました」と山頭火が書き、「やうやく、ほんとうにやうやくお会ひできました、あなたのお話などしてをります」と抱壺がつづった寄せ書きが間もなく黎々火の元に届いた。

七月二十二日「恥知らずの不良老人」は、正月に庵を出て、中国、九州の同人宅をまわり、そのまま東上の旅へ出て、およそ八カ月振りに戻ってきた。東上の旅から黎々火に届いたはがきは、十三通だった。このときの旅は、「其中庵に落ち着くまでの苦行の旅と違って、『層雲』の友を頼っていく旅だから楽な旅だったと思うよ。相当にハメも外して楽しんでいる」と圭之

介も言う旅だが、見たままを感じたままを詠む山頭火は旅にあって面目躍如、活き活きとした名句を残している。その中から圭之介は幾つかこころに残る句を拾い出した。

宝塚へ

春の雪ふる女はまことうつくしい

この句を見た黎々火が「いい句ですね」と言うと、山頭火は自慢気に喜んでいたという。山頭火には珍しく女を詠んだ句で、第五句集『柿の葉』の扉に書いてくれた思い出の句だった。

ほつと月がある東京に来てゐる

十三年ぶりに東京の土を踏んだ山頭火、大都会のビル街に出た月を詠む。短いなかにこれだけの情景を出すというのは、自由律でしかできない句とだいう。

こゝろむなしくあらうみのよせてはかへす

乱れに乱れた旅の悔恨を抱いて平泉へ向かう。砂丘に足を投げ出して海をじっと眺めている山頭火。「今までのこと、これから先のこと、ここに来ていろいろ思ったんじゃないかと思う」。

てふてふひらひらいらかをこえた

汚れきったこころと体を永平寺に預け、三日間の無言行。「甍を越えて見えなくなった蝶。その蝶に自分の行く末を重ねている。旅における感傷的な気持ちが出ているね」。美しい句だと圭之介は言う。

たれもかへる家はあるゆうべのゆきき

長い旅を終えて帰路につく山頭火。大阪の街角で行き交う人たちはみんな帰ってくつろぐ家があるけれど、自分は帰ってくつろぐ家はどこにもない。「山頭火の作品だから、身につまされる句だね」と圭之介。

「東上の旅」は其中庵時代の三大ニュースの最後を飾り、それ以後の山頭火は晩年期に入っていく。ちなみに他の二大ニュースは、「一、昭和七年九月二十日其中庵主となる——この事実は大満州国承認よりも私には重大事実である。一、昭和八年十一月二、三日、其中庵に荻原井泉水を迎えたこと」、である。

スクリユーの泡のようにもりあがる感情ですお別れです　　黎々火

戦時日本

灯に灯が、海峡の月冴えてくる　　山頭火

昭和十一年七月、四カ月半にわたる東上の旅で「垢、よごれ、乞食根性、卑屈、恥知らず、すがりごゝろ、……洗ひ落せ」と、自己嫌悪に陥って其中庵に戻ってから、山頭火はほとんど句作ができなかった。「憂うつたへがたし、気が狂はないのが不思議だ」。「夜自責の念にせまられて眠れなかつた」と日記に胸のうちを書きつづる。同人の好意に甘えて、各地で繰り広げた遊興三昧を振り返っては悔恨と自責の日々をおくっていた。

国文学者で旅行家の斎藤清衛に届いた八月十四日付の手紙でも東上の旅にふれて、「この旅はやつぱりよくない旅でした、よくなるつもりがわるくなる結果になりました、調子に乗つて俳友知友を訪ねまはつたので知らず識らずブルヂヨア気分になつたのです、具体的にいへば、御馳走を食べてヨタをならべて、歩かないで汽車に乗つたり自動車に乗つたのです」と自責をにじませる。山頭火の精神を攪乱しているのはそれだけではなかった。八月に一人息子の健が結婚したことも、つよい動揺を与えていたのだ。前述の斎藤への手紙の中にも、「私は此頃何だか宿命といふやうなものを感じます、私の独息子、捨て、放つといた子が近く結婚するさうで、いつもより多分の小遣を送つてくれました」と複雑な思いを吐露している。

十九日付の緑平宛のはがきにも「K（健）が結婚するさうな、いやしたさうな。

をべしをみなへしと咲きそろふべし

此一句がせめてものハナムケで御座候。呵々呵々」と書き送り、「あはれといふもおろかなりけり」と自嘲する。二十三日の『其中日記』にも「此頃よくKやKの婚礼の夢を見る、親心とでもいふのであらうか、――肉縁断ち難し、断ち難きが故に断たざるべからず、――ああ」。捨てきれない親ごころに悩む山頭火だった。

そのころの日記からは、俳人山頭火の悲鳴が聞こえてくる。

「句がつくれないのだ、ほんたうの句がつくれないのだ」

「駄作、悪作、愚作、――せめて凡作を――傑作は出来ないから」

「ほんたうの句を作れ、山頭火の句を作れ、人間の真実をぶちまけて人間を詠へ、山頭火を詠へ」

このスランプから脱出するには、旅に出る以外にはないとわかっているが、「旅、旅、旅に出たい、そしてワガママをたゝきつぶしたい（かなしいかな、私は行乞の旅をつゞける元気をなくしてしまつてゐる）」。では「新しい土地へ移つて新しい生活をしよう」と、心身一新を思い立つが、先立つものがない。ただただ毎日悶々としながら、酒肴を持った同人の訪れとうれしい便りと称する送金を待つ山頭火だった。

昭和十二年の早々には、緑平との共同編集で句集『柿の葉』を発刊する予定だったが、原稿が仕上がったのは六月にはいってからだ。それまで緑平には「近来とかく身心不調」、「狂か死か、それとも旅か、――しばらく蟄居いたします」、「泣きたいやうな気持になります」などと繰り返し書いて、苦悩を伝えている。

九月になって其中庵の世話人の国森樹明が五十五歳の山頭火に、下関市彦島の材木商店での仕事を見つけてきた。既に七月、日中戦争が勃発。人々の生活から行乞僧に施しを与える余裕は消え、同人たちはつぎつぎと出征して無心する相手も心許なくなっていた。何より樹明自身が親に勘当されるなど、家庭の事情でこれまでのように山頭火の世話が出来にくくなったのだ。

私は社会の疣だ、瘤にはなりたくない。
癌にはなれさうもない。

山頭火にどのような心境の変化があったのか、労働を通じて「人間の真実」を追求しようとしたのか。九月十一日の日記に「人間を再確認すべく市井の中へ飛びこむ覚悟を固める、恐らくは私の最後のあがきであらう」と書いた。緑平に送った樹明との寄せ書きからは、まだなお深い悩みが感じ取れる。「万事急転直下、私は山から街へ下りました、人間の一生といふもの、生きつゞけてゆくことはまことにむつかしいものですね」。

樹明と一緒に下関へ行き、その夜は枕を並べて寝たのだが「嬉しいやうな、悲しいやうな、淋しいやうな、切ない気持」になり、いつまでも眠れなかった。翌日、樹明同伴で仕事の説明を受け、新生山頭火の第一歩を踏み出した。下関駅で樹明と別れるとき「当分逢へまい、切ない別離だつた」と覚悟のほどがうかがえる。

十三日から店に住み込んで仕事を始めた。門司港に入った本船から材木を荷受けして、彦島まで曳いてくるのだが、山頭火の仕事内容を日記から拾うと、「材木の受渡の計算」、「陸揚」、「請求書調製」などだ。ところがのっけから山頭火は、日記で店主に不満をぶつけている。「嫌な家庭だ」「オヤヂのワカラズヤ」。十六日には「夕方たうとうカンシヤクバクハツ、サヨナラをする」とある。

たった四日間でやめてしまったのだ。サッパリとした気持ちで其中庵に戻る途中、長府の黎々火居に立ち寄った。

「どうかの？　とわたしに声をかけながら家に上がってきて、やーめた！　と言うんだよ。何のことかと思ったら、働いていたとはねえ」と黎々火はおどろいた。

そのときのやり取りを黎々火はのちに、「層雲」の昭和十六年二月号で「海の上の山頭火」と題して紹介した。「関門海峡のまん中でやる仕事で（略）、ナッパ服に地下足袋、帳簿に鉛筆、それで浮いてゐる材木から材木へピヨイピヨイ移らんならん、波でゆらゆらする材木が相手でちよつと冒険での……」

圭之介はその当時の山頭火の心境を思いやる。

「自分も社会の一員だ。普通に仕事もできるぞ、という自信をつけたかったんだろう。だけど、どだい無理。人に使われるなんて、絶対できない性格だからね。四日もよくもったもんだよ」

翌年の十一月ごろ、山頭火はだれにも告げず其中庵から姿を消した。まっ昼間に山口県湯田温泉の文学青年グループの一員の手助けで、リヤカーに蒲団と身の回り品を積み、温泉街にほど近い空き家に転居したのだった。その理由はいまだに謎だが、小郡で樹明も家探しを手伝ったらしく、十月二十四日の日記に「M老人の借家を借りたいと思ふ、樹明と行く、交渉不成立」とあり、湯田転居までの数日間に何があったのか。

日記は十月二十七日から十二月十二日まで空白で、十三日に初めて「風来居」の記述がある。それが新居の名だった。黎々火に届いた転居の挨拶状の日付は十二月九日で、「文字通りの侘住居でハありますけれど、温泉ハいつもこん〱、それが何よりうれしい〱、そのうちまた」とあり、山頭火が新天地を楽しんでいる様子がうかがえた。

圭之介は転居のわけについて考えを巡らせる。酒屋のツケがたまって其中庵に居づらくなったのか、わら葺き屋根が古くなって雨漏りがひどく住めなくなったのか、樹明にこれ以上迷惑をかけてはいけないと思ったのか、どれも憶測の域をでなかった。

後年日記によって「私はどこかへ移らう（湯田が望ましい）居は気を移すといふ、新らしい土地で新らしく生活しよう」と昭和十二年の四月二十日に湯田へ移りたい意志をほのめかしているが、当時はだれも転居したことさえ知らず、またその行為にも別段おどろく人もいなかったという。

湯田へ移って新境地を開きたい山頭火だったが、「さびしいところにゐては、さびしさをそれほど強く感じないですむが、にぎやかなところではかへつてさびしさを感じる」のだった。

前年の夏に日中戦争が勃発し、時代は戦火のまっただ中にあった。十三年春には、政府に国民の徴用や物資統制の制限を与えた国家総動員法が公布されて、戦況はいよいよ泥沼化し人々の生活も困窮を極めてきた。山頭火も七月十三日の日記に「物資統制・価格公定、等々で戦時色が日にまし濃厚になる。私もまた日にまし生活の窮迫に苦しむ」、「銃声、喊声、非常時らしく聞える、至るところに軍国風景が展開される」、「まことに日本の現在は『疾風怒濤時代である』」と記す。

警報鳴りわたる草からてふてふ
みんな出て征く山の青さのいよいよ青く

物価はジワジワと高騰し、山頭火の命綱であるはがきも、一銭五厘から二銭になった。翌年には「貯蓄報國」「銃後の護りを堅めませう」と書いた消印が押されるようになった。戦時体制は放浪の俳人山頭火といえども特別ではなく、七月八月と町内の防空訓練に参加。非国民とそしられようと、否応なく時代は山頭火を巻き込んでいく。

山頭火による詩文

三月になって黎々火は風来居を訪ねた。寺と並ぶ一軒家で、わずか四畳一間の住まいだった。其中庵にいたときと同じように山頭火はニコニコ笑って迎えてくれたが、勝手を知った其中庵と違って落ち着けず、樹明がいないのも寂しかった。

その日、黎々火は山頭火に湯田出身の詩人・中原中也の詩集『山羊の歌』をもらった。湯田の若い詩人グループに中也の実弟の呉郎がおり、樹明に代わる山頭火の新しい世話人だった。ふたりはほとんど毎日のように会い、呉郎は食べ物を差し入れたり金銭の面倒を見たりしていた。中也の詩集は呉郎から譲り受けたらしい。黎々火は持参した画仙紙につぎの詩文を所望した。

てんわれ王殺さずして　詩を作らしむ
我れ生きて詩を作らむ　我れみつから乃
まことなる詩を
風来居　山頭火

湯田温泉へ移ったものの安住の地ではなかったようだ。

「湯田は好きな土地ではありません、こちらへ移つて人間のよさを味ふ前に、人間のきたなさが感じられてなりません」

昭和十四年九月、山頭火は常々四国めぐりもなかなか面白いと言っていた「四国巡礼の旅」へ出発した。十月五日付の斎藤清衛宛に書き送った松山城の絵はがきには「遍路日記はこくめいに書くつもりであります」と、山頭火の旅の意気込みを伝えるものだった。

冬の蝶々よ　旅立つという山頭火よ　　黎々火

四国へ

自嘲

酒飲めば涙ながるるおろかな秋ぞ　　山頭火

昭和十四年九月二十七日、山頭火は風来居を旅立って山陽道を東上。途中徳山の白船居に立ち寄り、広島の澄太居に着いたのが二十九日の夕方だった。綜合句集『草木塔』の打ち合せをすませ、「さてこれからどこへ」と澄太が訊ねると、「四国へ行って巡礼するつもりだ」と山頭火は答える。

四国には「層雲」会員が少なく山頭火も心許ないだろう。澄太は高橋一洵を思い出した。今春松山で広島逓信局主催の講演会があり、名講演で定評のある一洵を講師に招いたのだった。そのとき澄太が「山口に面白い人がいるから、紹介したい」と言うと、一洵は「ぜひ会いたいですね」と話していたことを思い出したのだ。

翌日山頭火は、松山の郵便局長の藤岡政一と高橋一洵宛の澄太の紹介状を持って、宇品港から愛媛県の高浜港へ渡った。

ひよいと四国へ晴れきつてゐる

十月二日、高浜港に着くとその足で松山の一洵居を訊ねるが、あいにく学校へ行って留守だった。一洵の妻初子の記憶では、白い着物に金剛杖、行李を背負った四国遍路の形で訪ねて来たという。荷物だけを置かせてもらい、時間をつぶして夕方再訪する。面倒見のいい一洵は、初対面の山頭火を旧知のように歓迎した。近所の人も集まり、山頭火は一升ビンを横において、話したり書いたり、みんな喜んで帰って行ったという。

野村朱鱗洞の墓と著者

高橋一洵は明治三十二（一八九九）年生まれ、本名始。松山商業高校（現・松山商科大学）でフランス語を教えていた。三男の正治は「いつも家に、何でこんなに人が来るんだろう」と思うほどいろいろな人が出入りしていた記憶があるという。「学校に行くにも右と左の違う下駄を履いたり、姉が学校で使っていた赤いカバンをぶら下げ、モンペ姿で教壇に立っていました。服装とかまったく構わない人でしたね。大学の教授がそんな格好をしたら困ると、職員会議にかけられて仕方なく背広を着るようになった」と、正治の語る一洵は純粋で飾らない自由人だった。

一洵という俳号はもとは一筍だったが、山頭火が「たけのこもええけど、誠一筋の方がよかろう」と言って一洵に変えたのだ。高橋一洵は生涯この名を大事にしたという。

山頭火はすぐに十七歳下の一洵と意気投合。藤岡居と交互に泊まり松山に五日間滞在。その間に念願の野村朱鱗洞の墓参を果たした。

既に述べたとおり、松山出身の朱鱗洞は井泉水の後継者と嘱望された天才で、山頭火と互いに認め合いながら、二十六歳で病死したため生前に対面できないままだった。それ以来、いつも朱鱗洞のことが気にかかっていた。

かつて緑平から「朱鱗洞居士は無縁仏になってしまってゐる」と聞いていた。共同墓地に建つ野村家の小さな花崗岩の墓標は、志半ばで夭折した朱鱗洞そのもののようで哀しかった。

　朱君を考へると、何とはなしに、啄木を考へる、或る意味で、朱君は俳壇の啄木らしかつ
　たといへないでもなからう

朱鱗洞への思い出は山頭火の若き日の追想でもあった。

墓参をすませた山頭火はその足で松山駅から汽車に乗り、木村無相《むそう》の待つ小松町の六一番札所に向かった。香園寺《こうおんじ》に一週間滞在。

御無沙汰々々、おかハりないでせう、おめでたいことハありませんか、私ハまた旅人になり、巡礼してをります、

柳ちるいそいであてもない旅へ

といつたやうな気持で、これから小豆島の方へ向ひます。

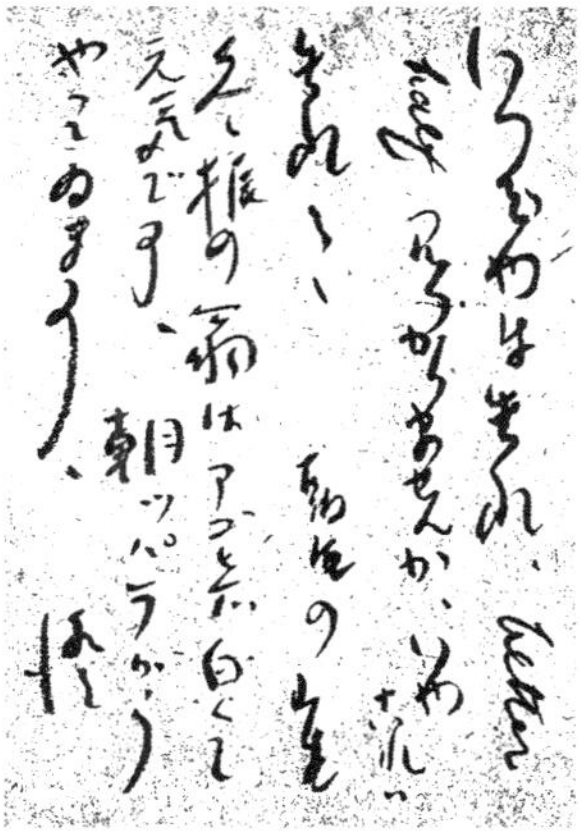
山頭火から黎々火へ出された“better half”についてのハガキ

讃岐本山から出した十月十九日付のはがきが黎々火に届く。「おめでたいこと」とは、二十八歳になった黎々火の結婚を気にかけての言葉なのだ。前年の暮れにも「better half見つかりませんか、いやこれハ失礼、、」と書いていた。山頭火のユーモアであり本音でもあった。

山頭火は二十一日に小豆島に渡り、十年ぶりに尾崎放哉の墓参りをする。九月二十六日から空白だった日記を「更始一新、転一歩のたしかな一歩を踏み出さなければならない」と、新たに『四国遍路日記』を書き始めるのは十一月一日からだ。十八番恩山寺から行乞しながらの遍路である。

ぼうぼううちよせてわれをうつ
あなもたいなやお手手のお米こぼれます（行乞即事）

ところが十二日も過ぎてくると「何を見てもなぐさまない」「沈うつやりどころなし」と気分がふさぎ、二十一日に愛媛県に入ると巡礼を早々に切り上げ汽車で藤岡居へ。五日間滞在するが行くあてもなく、遍路宿へ移り二十日近く宿泊をつづけている。その間に山頭火は五十七回目の誕生日を迎えた。

一洵は宿代を払ったうえに小遣いまで渡し、何くれとなく面倒を見てくれた。スポンサーを見つける達人の山頭火は一洵の人柄を見抜き、松山に住む気になったに違いない。十二月十五日、道後温泉へ歩いて二〇分の「一草庵」と名付けた一軒家に落ち着いた。

おちついて死ねさうな草萌ゆる

「巡礼中の私ハ縁に随うて上記の場所に落ちつくことが出来ました、私の分にハ過ぎたる栖家です」と一草庵の主人となった山頭火から、黎々火に小豆島寒霞渓の絵はがきが届いたのは暮れもおし迫った三十日だった。一草庵は澄太の命名だが、その意味合いを山頭火は「一人一草の簡素で事足りる」と説明している。余命を簡素に全うしようとの決意の表われだったのか。

松山に落ち着くとなると気になるのは旅立ったままの風来居のことだった。山頭火は年が明けて、昭和十五年一月七日に出立し、まず糸田の緑平を訪ね、山口へ向う途中で長府の黎々火居に立ち寄り二泊した。一洵にドングリ先生、澄太はドンコ和尚、山頭火はトンボ翁で「三ドン」のあだ名をつけたことなど楽しそうに話す。ふたりで一洵に寄せ書きをした。山頭火は「こちらのドンコ一尾さしあげます、なかくうまいと本人自慢たらたらです、さてどんなものかな」と文面を書き、黎々火はドンコの絵を描きそえた。

十三日に黎々火居から湯田へ向かった山頭火から礼状が届いた。「このあたりもタバコキキンでサケキキンよりも閉口します、むつかしい世の中になりました」とあり、出立のとき黎々火が渡した往復はがきの返信用を使って小月から投函している。

同年四月に既刊の折本句集七冊をまとめた綜合句集『草木塔』を刊行した。山頭火はその句集を携えて、俳友を訪ね歩く旅に出た。五月二十七日の日記には「心身憂鬱、この旅はいはゞ私の逃避行である、——私は死んでも死にきれない境地を彷徨してゐるのだ」と記している。死を意識しながら、済ませておかなければ死にきれない何かがあったのか。圭之介は「四国は山口や九州とは海を隔てている。長年付き合った馴染みの同人たちが恋しくなって、会いたかったんだろうな」と思いやる。

松山で山頭火の世話をした人たちは「層雲」関係者ではなかったが、とても親切で満足していた。それでも澄太や白船、樹明、緑平たちのもとに「逃避行」をしたかったのだろう。

自嘲

六十にして落ちつけないこゝろ海をわたる

関門海峡を渡り黎々火を職場に訪ねたのは五月三十日、いつものように職場を抜け出して山頭火におでんと酒を振る舞った。黎々火は法衣を脱いだ山頭火の旅姿を見るのは初めてだった。黒い着物に兵児帯を締めて下駄をはき、『草木塔』を数冊ふろしきに包んでぶら下げている。そのうちの一冊を黎々火は受け取ったのだが、職場の同僚がどうしてもその句集が欲しいという。本代三円をもらって譲り、山頭火に渡したのだった。

売るつもりはなかったのか山頭火は「思いがけず現金が入った」と喜び、「一草庵に戻ったら、あんたの分は送るから」と約束して別れた。旅で訪ねる人数分だけしか用意していなかったようだ。八幡の同人たちと会ったあと、福岡県宗像郡神湊の隣船禅寺・田代俊和尚、それから筑豊の糸田に緑平を訪ね、山頭火は六月三日に松山に戻った。

「緑平居から若松へ、そこからボロ船に乗り込んだのです、此旅でだいぶ身心立直しが出来ました。海辺彷徨の一句、お笑ひ下さい、みなさまによろしく」と、黎々火にはがきと『草木塔』が届いたのは間もなくのことで、扉に神湊海岸で詠んだ句が書き添えてあった。

砂に足あとのどこまでつゞく

その三カ月後、黎々火は東京世田谷に住む親戚の初子と結婚した。「井泉水の弟子なら大丈夫」と変なところで気に入られたらしい。黎々火二十九歳、初子二十二歳、結婚式で初めて顔を合わせたというふたりの新婚生活は、門司に家を借りて始まった。

昭和十五年九月二十二日の朝、山頭火のもとに仙台の海藤抱壺の訃報が届いた。昭和十一年の東上の旅で親しく逢えた抱壺だった。「君は水仙のやうな人であつた、――あゝ逝く者は逝く、抱壺もついに逝つてしまつた」と哀しみ、追悼句を詠んだ。

抱壺逝けるかよ水仙のしほるるごとく

井泉水は抱壺と山頭火をつぎのように比較する。

「山頭火は『わがまま』な生活をやめようとしてもやめることが出来ず、抱壺は『わがまま』を望まうとしても望みえない環境におかれてゐたのである」

九月二十四日付の山頭火のはがきが、かつて日銀門司支店に勤務し東京に転勤になった亀井岔水に届く。「妙なお願ひでありますが、筮竹と算木送つていたゞけますまいか、古物の安物で結構、（略）私ハ近来易を研究するつもりでやつてゐますが、こちらでハその道具が見つかりません」というものだった。結局、易の道具は生前間に合わなかった。

山頭火の真意はわからないが、研究をするような性格ではないと圭之介は推測する。

「松山も援助するグループが周りにいるけど、長くなると遠慮もあって無理も度々は言えなくなるだろう。せめて自分の手でタバコ銭とか晩酌代くらいは稼ごうと思ったんじゃないか」

山頭火が松山へ移ってからほとんど会う機会はなくなったが、晩年の山頭火の作品には「狂」を感じるものがあったと圭之介は言う。狂気を感じた句としてつぎの二つをあげる。

日ざかり泣いても笑ふても一人

ほろほろほろびゆくわたくしの秋

「泣いても一人、笑っても一人、まわりを見ても助けてくれる人はだれもいない。作ったときの山頭火のどうにもならない突き詰めた、切羽詰まった様子が伝わってくる。ほろほろは、自分の人生が何もかも滅びていく、山頭火の虚無と寂寥。どちらも狂気を含んだとまどい感があると思うよ」

最晩年の山頭火のうしろ姿に黎々火は狂気を見て、つぎの句を詠んでいる。

風、狂気匂う背　　黎々火

その年の十月中旬の土曜日、門司で新婚生活を送っていた黎々火は長府の実家に里帰りした。黎々火宛の郵便物の中に山頭火のはがきも届いていた。

お元気なのでせう、久しくおたよりがないので何となく案じてゐます、今日明日はこの地方の秋祭り、いやにしみぐ〵したものを感じますよ

みのりゆたけく幟ならんでへんぽん

句はどうでも豊年満作ありがたし。

と書いてあったが、むしろ山頭火の身の上こそが案じられた。文面はどこか寂しく「人に囲まれたい、友だちが周りにほしい」と言っているようで、黎々火は「ふるさとが恋しいよ、黎君」と訴えているように思えてならなかった。

それは虫の知らせだったのかもしれない。手紙に混じって電報があり開いてみると、「サントウカシス」。

「独りで遠い地にいて寂しかったろう。山頭火がかわいそうで、はがきと電報を見つめているうちに涙がポロポロ出てきてね」。黎々火は拳を顔にあてて号泣した。

その様子を新妻の初子がこう表現している。

暫らくじっと見つめていたが彼は声を上げて泣き出した。しかもこぶしを顔にあてて号泣なのである。ずい分長い間彼は泣きに泣いた。小郡から四国に行かれてからの無沙汰をかなしむ心もあったであろう、いまわにたづねられなかった口惜しさもすべてがその原因だったであろうと思う。純情でもあったであろう、だが、親の死にも兄の告別式にもみられなかった取りみだした心の悲しみを私はなんとうけとろう。（「種田山頭火ノオト」第四

号）

数日後、松山の俳句グループ「柿の会」から死亡通知が届いた。「十月十一日未明松山一草庵において脳溢血にて大往生いたしました」とあった。近くの神社の秋祭りで振る舞い酒を飲み、酔っ払って一草庵で就寝中に絶命したという。

かねてから山頭火は「死ぬるときはころりと死にたい、それには脳溢血がいちばんよろしい」と願っていた。自ら望んだ通りの「ころり往生」で、波乱に満ちた五十八年に近い生涯を閉じたのだった。

行乞姿の山頭火（撮影近木圭之介）

「一番いい死に方をしたよ。酒を飲んで寝ている間に死んだんだからね」。圭之介にとってそれが唯一の救いだった。

十月二十五日付の木村緑平のはがきが黎々火のもとに届いた。

山頭火は死んだ、もう飄々たるあの姿は見せに来ない、（略）只たあとに残された私には耐へられぬものがあります。

ほんとに死んだのか山の鴉がなく　　　　緑平

山頭火の才能と人柄を認め、終始良き支援者であり盟友だった緑平、山頭火のこころの拠り所であった緑平。「緑平がいなかったら山頭火は早く死んどるよ」と圭之介に言わしめた管鮑の交わりのふたりだった。緑平の深い慟哭が黎々火の新たな哀しみを誘った。山頭火はもういないのだ。

哀しいことがある　星がある　月が出る　　　　黎々火
夜のむこうの海のむこうの消えたともしび

山頭火以降

もりもりもりあがる雲へ歩む　　山頭火

生前山頭火は七冊の折本仕立ての句集と綜合句集『草木塔』の、合わせて八冊の句集を残している。その中の『柿の葉』と『鴉（雀）』は、終生の友木村緑平との合同句集だ。

一句集　鉢の子　昭和七　価ナシ
二句集　草木塔　昭和八　価七五銭
三句集　山行水行　昭和十　価八〇銭
四句集　雑草風景　昭和十一　価七〇銭
五句集　柿の葉　昭和十二　非売品（裏面・木村緑平）
六句集　孤寒　昭和十四　非売品

七句集　鴉　（雀）　昭和十五　価ナシ（裏面・木村緑平）
綜合句集　草　木　塔　昭和十五　価三円

折本の発行部数は二一～三〇〇冊くらいだったようだが、あまり売れなかったという。「この句集を買ってくれた人には、山頭火の色紙をつけて上げます」と言っても、句集の見返しに直筆で句を書き添えても、なかなか買う人は少なかった。

『柿の葉』の奥付に「山頭火翁に有縁無縁の人々にお願ひします。此の句集を送つて貰はれた御方は其中庵慰問袋として酒なら一升、米なら二升を御恵投下さる様念じ入ます」とお願いを書き付け、また七句集にも「（舌代）山頭火翁供養として米二升、酒一升又は赤味噌一貫目等を物納の人に此の句集を贈呈します」と書いてある。

山頭火は本代がまとまって入れば、其中庵に風呂を作りたいとか、蒲団を揃えたいとか、雨漏りの修理をしようかといろいろ計画していたが、一冊ずつパラパラと入ってくる小銭ではその日その日の酒代や食費に消えてしまったのだった。生活の足しに少しでもなるように発行された句集だったが、大学ノート二四冊分の日記とともに、今では山頭火の足跡をこの世に残す貴重な記録となった。

山頭火は言う。「私の句集は、私にあつては、私自身で積みかさねる墓標に外ならない」

山頭火が逝って、翌十六年五月に山頭火の骨を拾った徳山の久保白船が、後を追うように逝った。一年の間に「抱壺、山頭火、白船」と「層雲」中期を担った俳人たちが去り、第三期の時代に入っていく。「層雲」は朱鱗洞・放哉・山頭火とスターの時代は終わったのだ。光りの消えた層雲に危機感をもち、「層雲の作者は、肺病か乞食にあらずんば名句は出来ないのか」と皮肉る人たちもいた。井泉水は「優秀な作家一、二人を作るよりも、『層雲』全体としてのツブが揃ふといふことが、層雲としては一さう大事なことだ」と、今後の「層雲」の在り方を提示した。

山頭火の折本句集

そんな「層雲」の過渡期でもある昭和十六年、第二回層雲賞を三十一歳の近木黎々火が受賞し、山頭火の意志を引き継ぐように自由律俳句の頂点に立った。選考にあたって井泉水は「若さのもつはつらつたる創作意欲と、又、ピチピチとしてゐるやうな作品の新鮮さは、層雲中の一異彩」と評し、黎々火の作風を「から竹割の如し妙技」と表現した。さらに「此の太刀の鋭さは、一寸敵手がないかに見える」と、詩情豊かな作家の誕生を祝している。
黎々火を山頭火の弟子と言う人がいる。山頭火の影響をもっともつよく受けた俳人と言う人もいるが、「俳句について批評や添削された記憶はないね。作風がまったく違うし、俳句の話もほとんどしたことはない。強いて言えば、作句するときの気持ちは『自分を主《あるじ》とする句でないといけない。個性の句作の根本的なものだ』と教えてくれたことだろうかね」と圭之介は言う。

山頭火は俳句にかける厳しさ、真摯さ、純粋さを吐露した名言をいくつも残している。

○燃ゆる心である。音もなくしん〳〵として燃ゆる心である。――かゝる心が、かゝる心のみが詩を生むことが出来る。まことの詩は『生のほのほ』である。（大正五年）
○描く、写す、そして述べる、詠ずるのである、正しい認識、それがなければ、まことの芸術はない。（昭和八年）
○私に出来ることはたつた二つしかない、酒を飲むこと、句を作ること、飲んでは苦しみ、苦しんでは飲む、食ふや食はずで句作する、まことに阿呆らしさのかぎりだ、業、業、業。
（昭和十三年）

これらは、いま読み返してみても頷けるものがあり、普遍性があり、山頭火の句作の姿勢が伝わってくる。

山頭火の俳句は「リズムがあって覚えやすく、口誦性がある。装わない、偽らない、飾りがない」のでだれでも作れそうに思えるが、目にしたものを写しただけでは共感を得ることはできない。昭和十一年十月十三日の日記に「生地を磨く、磨いて磨いて、底光りするまで磨く、――さういふ俳句を私は作りたい」。その磨きあげた結果が山頭火の句に昇華されているのだ。

層雲賞を受賞した年に黎々火は俳句以外は圭之介と改名した。芥川龍之介が好きで「之介」を拝借し、姓と画数でバランスのいい圭の字を充てた。美意識の強い圭之介は、正《まさし》という平凡で近木姓と不釣り合いな名前が嫌いだった。実母ウラは「せっかく正という名前をつけてやったのに――」と嘆いていた。自由律俳句はもちろん、詩、絵、デザインと幅広く活躍していく近木圭之介は誕生した。

その年の十二月八日、日本はアメリカ真珠湾攻撃を機に、米英などの連合国との全面戦争に突入したのだ。言論統制が厳しくなり、文学の受難の時代の幕開けだった。自由という言葉は使えなくなり自由律は「内在律」に改める。俳句も言葉を選ばなければ一文字一文字に検閲の目が光る時代となった。

「自由という言葉自体がいけないと弾圧され、ぴりぴりしていた時代だったね。リベラリスト」と使っただけで疑われた」と圭之介は振り返る。そんな厳しい状況の中で昭和十七年、代表的な橋本夢道のつぎの句が生まれる。思想弾圧で刑務所に入っていたときに詠んだ句で、季節の寒さとは違うことは背景を考えれば一目瞭然であろう。短い言葉の中に、時代背景とぎりぎりの抵抗を凝縮し表現した。

動けば　寒い　　橋本夢道

言論統制だけでなく国内の思想を統一する必要から、日本情報局は雑誌刊行物を整備統合した。「層雲」「海紅」「陸」の三誌は「俳句日本」一誌に統合された。戦局は悪化の一途をたどり、間もなく印刷する紙も不足して発行すら困難になっていった。

昭和二十年八月十五日戦争は終わり、翌年の六月に「層雲」は復刊された。黎々火の戦後初の作品は、その年の二月に信州佐久の関口父草居を訪ねたときに詠んだ三句。秋号には東京銀座で見た活気ある戦後風景を詠んだものだった。

耳冷えるまつすぐあなたの家にゆく　　黎々火
らんぷ、訪ねて遠い海の話なども
地べたで売つてなんでもある（東京にいて）

戦争を挟んで「層雲」も新しい時代に入り、戦後派の新人たちが台頭してきた。すでに中堅となった黎々火は、昭和二十二年十二月号に河童（自画像）に託した連作を発表して反響を呼ぶ。擬人化された河童が黎々火の心模様を代弁していた。

孤独のかつぱの月の出た顔である
かつぱ冬になつたひざをだく
愛をもとめて帰るかつぱに雪しろし　　黎々火

書・近木圭之介、画・萩原井泉水の色紙

俳号も黎々火から圭之介に改名をして、俳句、詩、さらに「夢語《むご》」と題したエピグラムを発表。山頭火でも放哉でもない独自の新境地を拓いていく。

○野心——軌道の上ばかりを走っていては新大陸は発見できない。
○喜劇——ニヒル氏はシルクハットでいんぎんです。
○白——作家よ　五分をのこせ　鑑賞者よ　その五分

を味へ　　　　圭之介

圭之介の手許に一冊の折本の画帳がある。「海門帳」と命名して揮毫したのは、昭和二十四年十月にふぐが食べたいと長府の黎々火居を訪れた井泉水だった。ページをめくると井泉水が見開き六ページを使って記帳。その日井泉水は黎々火居を「河童洞」と名付けた。

つぎのページをめくると懐かしい山頭火の文字が現われ、戦後に甦ったのかと一瞬錯覚を起こす。

南郷庵にて放哉坊おもふ
その松の木のゆふ風ふきだした

その訳はこういうことだ。圭之介が最初に揮毫を頼んだのは山頭火だった。ところが山頭火は「最初のページに書くのは、気恥ずかしくて嫌だ」と言って、中ほどを開いて書いたのだ。「可愛らしいでしょう。山頭火は照れ屋だし、遠慮深いんですよ」と、圭之介は目を細める。日付は入ってないが昭和十三年か四年だった。

それも画帳に直接は不安だったのか、別の紙に試し書きがしたいと言う。練習用の半紙を渡

すと、

物おもふ　そばに　子ハ
おとなしく　砂掘れり

と書いてみたが気にいらなかったのか、にの字を消してみたり「火」の試し書きをしたりで反古にした。その半紙も圭之介は大切に持っている。

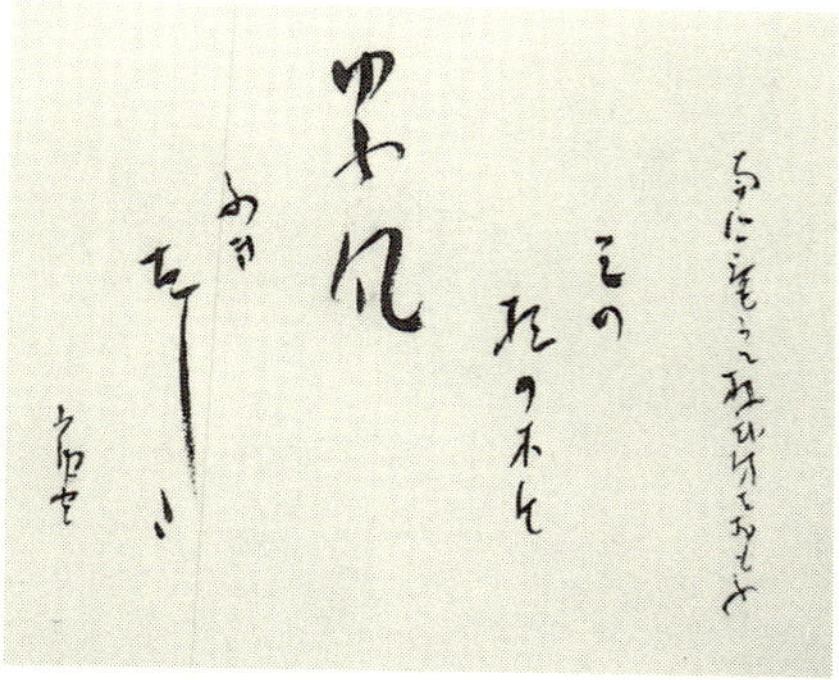

「海門帳」に記帳された山頭火の句

山頭火のつぎが佐久の関口父草、つづいて山頭火の死後一カ月ほど経って訪ねてきた松山の高橋一洵だ。

巡礼のうしろからくれてゆく　一洵

初対面の一洵は学校の先生らしくきちんとした人で好感が持てたという。

「そのとき山頭火の書いたものを見せると、『淡如水』をとても欲しがって一時間くらいねばっていたよ。断るのにとても困ってね。それほど山頭火が好きで、欲しかったん

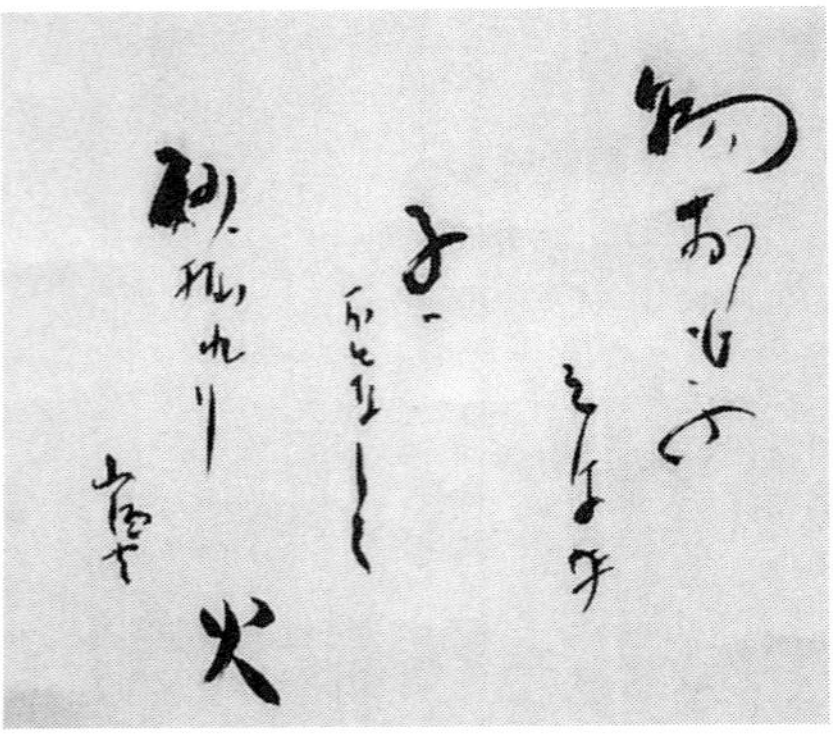

山頭火の試し書きの半紙。「に」の字を消したり、「火」の字を練習している

だろうよ」

　昭和三十年代後半、山頭火の名前が浮上してきた。昭和五十八年に『定本山頭火全集』が出版されてブームが起こる。貢献者はまず大山澄太の数々の著書、いまひとりは木村緑平だった。山頭火が昭和五年から書き始めた日記は、ノートがいっぱいになると緑平に送っていた。二十四冊の日記は山頭火が亡くなったあとも、二十六年間大切に保存されていたのだった。

　この日記については、かつて山頭火の生前に出版の話があり緑平が伝えたのか、「お申越の日記ハ断然門外不出ですよ、誰が何といつても、事情が何であつても見せてハなりません、私の死後ハともかく生前ハ見ない見せないと約束したでハありませんか」と、山頭火は緑平に書き送っている。彼の死後三十年近く経ってその話が再度出されたとき、緑平は快諾したのだ。在りし日の山頭火をいとおしみ、一行一行語り合うように緑平が清書した日記は刊行され、多くの人の感動を呼びつづけている。

「日記があったから若い人にも通じるんだろうね。ただの記録では人は読まないけれど文学性があるから膨大な日記もあきさせないんだ。もし山頭火が日記を書いてなくて俳句だけだったら、いまのようなブームになってないかも知れないよ」。日記には放浪した日々が克明に描写されていて、山頭火でないと書けない作品だと圭之介は言う。

「山頭火とつき合っていたころはまだ若く、俳句がすばらしいとか先輩とかいうのでなく、人間性に惹かれて其中庵を訪ねていた。ところが私が年齢を重ねるにつれて、山頭火の句の深さに魅せられて行くんだよ」

あの雲がおとした疑問　山頭火何処へ　　圭之介

終章

道は前にある。

まつすぐに行かう。

まつすぐに行かう。　　山頭火

二十代の近木圭之介の目線で見た山頭火を描いてきた。

圭之介と出会う以前の私は山頭火について、苦悩（業）を背負いながら、後半生を行乞流転の孤独な旅をつづけた俳人の僧で、求道的悲劇的で日々酒に溺れる姿をイメージしていた。

ところが山頭火と八年間親しく交流した圭之介を通じて知った実像は、明るくて社交的な上に、饒舌で人懐っこく、それでいてシャイな人間だった。例えば、山頭火につぎのような句がある。

横顔の美しいジヤズ
よるの青葉をぬけてきこえる声はジヤズ

ジャズと山頭火の組合せは新鮮で、残り火となった若さが顔を覗かせた一瞬の輝きのようだった。「よるの――」の句は其中庵時代の昭和八年の作で、盆踊りの稽古の音楽を聞いて「それは農民のジヤズだ、みんないつしよに踊れ、踊れ」と受け止める発想は楽しく、自ら作詞した「其中庵音頭」で歌い踊る山頭火と重なる。

山頭火の墓（防府市・護国寺）

「当時流行していたジャズという言葉を使って、乞食坊主の自分にも、これくらいは出来るよという洒落っ気じゃないのかなあ。山頭火だから意外性と面白さがあるんだ」と圭之介は言う。山頭火は流行に敏感で、おしゃれで、茶目っ気もある愉快な一面を持ち合わせていたと思う。

とはいえ、いったん酒が入ると歯止めが利かなくなり、とことんまで飲んで脱線してしまうのだ。酔いがさめたときには自己嫌悪に陥り、しきりに反省して放下着するのだが、愚行と反省のくり返しは終生改まることはなかったようだ。昭和十四年八月十九日の日記に「身口意の三業合致。考へること、言ふこと、行ふこと」と書いて誓った。しかし、それも掛け声倒れの口ばっかりで終わっているのも山頭火らしい。

歯がゆいほどもろく不完全な生き方の山頭火だったが、読む側が自分の姿と重ねてもろさに共感を持てることが、多くの人に愛されるゆえんかもしれない。いつの時代も人間の本質は変わっていないようだ。どちらかといえば、その特異な生き方がクローズアップされるきらいはあるが、俳句もその生き方があってさらに輝いて人のこころに響いてくる。

山頭火も「すぐれた俳句は――」と、つぎのように定義する。

「その作者の境涯を知らないでは十分に味はへないと思ふ、前書なしの句といふものはないともいへる、その前書とはその作者の生活である」

昭和十二年一月二十七日の日記に「明暗、清濁、濃淡の間を私は彷徨してゐる、そして句を拾ふのだ、いや、句を吐くのだ！」とある。清と濁、どちらが真か偽かではなく、山頭火の二面性を写し出す。これまで見えてこなかった清の部分を当時二十代の圭之介は見ていた。というより濁りのない青年だからこそ見えたのだ。圭之介の見た姿が山頭火の本来の性情ではなかったか、と思ったりもしている。純粋で不器用であるがゆえに妥協できず、あのような生き方になったと言えなくもない。

山頭火の生き方を知るうちに、生活態度は常軌を逸していたが、文人としては精力的な創作活動をする姿勢の厳しさに改めて敬服してしまった。創作の範囲はもちろん、長詩や翻訳、随筆など多方面に及ぶ。中でも私は長詩の作り手として非常に関心をもった。もともと「層雲」でも、荻原井泉水に長詩の一種であるエピグラムの才能を認められ、同人にも注目される存在だった。

終章にあたり、「層雲」に発表されたものや日記などに記したエピグラムの中から、いくつかを「山頭火語録」として紹介したい。いずれも人生の節々に山頭火がもらした〝こころの声〟であり、だれもが常日頃思ったり感じたりしている「つぶやき」なのだ。それを装うことなく、ごまかすこともなく、素直に表現している。一語一語味わって読んでいくと、俳句とはまた違う山頭火の一面が見えてくる。


【山頭火語録】
○仮面を脱げ、お前にはお前の素顔が最もふさはしい。そして最も美しい。（大正三年）
○真に生きるといふことは真に苦しむといふことである。（同）

○自棄は泥沼《スワムプ》のやうなものである。陥つた人は音もなく、底へ底へと沈んでゆく。（同）

○座右の銘として

おこるな、しやべるな、むさぼるな、ゆつくりあるけ、しつかりあるけ。（昭和七年）

○自戒一則

貪る勿れ、疑ふ勿れ、欺く勿れ、佞る勿れ、いつもおだやかにつゝましくあれ。（昭和十一年）

○無駄に無駄を重ねたやうな一生だつた、それに酒をたえず注いで、そこから句が生れたやうな一生だつた。（昭和十一年）

○いつも最後の晩餐だ。いつも最初の朝飯だ。（昭和十二年）

○老顔のよさは雨露に錆びた石仏のやうなものだらう、浮世の風雪が彼を磨いたのだらう。（昭和十二年）

○感傷は反芻する。孤独は散歩する。憂鬱は中毒する。（昭和十二年）

○人の短を説く勿れ、己の長を語る勿れ、合掌。（昭和十二年）

○無能無才、小心にして放縦、怠惰にして正直、あらゆる矛盾を蔵してゐる私は、恥づかしいけれど、かうなるより外なかつたのであらう。（昭和十四年）

○〃あるときは王者のこころ

あるときは乞食のこころ
生きがたく生く〃（昭和十五年）
いのち詩語吐く　微量の毒吐く
圭之介

あとがき

山頭火の「さ」の字も関心のなかった私が、この本を書くことができましたのは、近木圭之介先生の三年にわたる忍耐とご協力をはじめ、伊藤完吾、水落龍勝、高橋正治、高橋初子、高村昌雄、川島惟彦、西村説三各氏など、多くの方々に導いていただいたお蔭で、やっと上梓に至りました。この場をお借り致しましてこころよりお礼を申し上げます。また快く出版をお引き受けくださいました海鳥社の西俊明社長に深く感謝申し上げます。

この本を読んでくださった方々が、虚像でない山頭火の息吹きを少しでも感じていただけたならば、作者としてこの上ない幸せであります。「一人でも多く、山頭火を好きになってくれるといいが……」と願うのは圭之介、私も同じ思いで筆を置きます。

平成十五年三月三日

栈　比呂子

参考文献

『定本山頭火全集』二―七巻　春陽堂書店
『山頭火研究と資料』山頭火の本別冊1　春陽堂書店
『此の道六十年』荻原井泉水著　春陽堂書店
『山頭火を語る』荻原井泉水・伊藤完吾編　潮文社
『層雲の道』荻原井泉水著　層雲社
『層雲』（明治・大正・昭和）層雲社
『俳人放哉』鳥取文芸協会
『伊予路の野村朱鱗洞』鶴村松一著　松山郷土史文学研究会
『種田山頭火ノオト』一―十　西村説三編　種田山頭火研究会
『種田山頭火湯田温泉句碑建立報告書』種田山頭火湯田温泉句碑建立委員会
『山頭火折々の句』「朝日新聞」連載　近木圭之介著

本書は、二〇〇一年五月十一日から十二月二十一日まで三三回にわたり「西日本新聞」に連載された「山じいさんと黎坊」に大幅な加筆・訂正を加えたものです。

栈　比呂子（かけはし・ひろこ）
北九州市生まれ。八幡製鉄所を経て，カネミ油症事件をきっかけにノンフィクションを書きはじめる。劇作家。本名佐々木博子。
主な著書に『化石の街（カネミ油症事件）』，『男たちの遺書（山野炭鉱ガス爆発事件）』，『沈黙の鉄路（ローカル線を行くⅠ）』，『枕木の詩（国鉄ローカル線を行くⅡ）』（全て労働経済社），『終着駅のないレール（廃止ローカル線はいま）』（創隆社），『メダリスト（水の女王田中聰子の半生）』（毎日新聞社）など。

うしろ姿のしぐれてゆくか

■

2003年6月5日　第1刷発行

■

著者　栈　比呂子

発行者　西　俊明

発行所　有限会社海鳥社

〒810-0074 福岡市中央区大手門3丁目6番13号

電話092（771）0132　FAX092（771）2546

http://www.kaichosha-f.co.jp

印刷・製本　有限会社九州コンピュータ印刷

ISBN 4-87415-442-5

［定価は表紙カバーに表示］

海鳥社の本

九州戦国合戦記　吉永正春著

守護勢力と新興武将，そして一族・身内を分けた戦い。門司合戦，沖田畷の戦いなど，覇を求め，生き残りをかけて繰り広げられた戦いの諸相に，綿密な考証で迫る　328頁／並製／1650円

九州戦国の武将たち　吉永正春著

大友宗麟，龍造寺隆信，秋月種実，高橋紹運，戸次鑑連ら，下克上の世に生きた20人の武将たち。戦国という時代，九州の覇権をかけ，彼らは何を求め，どう生きたのか　294頁／上製／2300円

筑前戦国争乱　吉永正春著

一大貿易港・博多，古代からの政治文化の中心・太宰府，この筑前を巡り，大内，大友，毛利，島津らが争奪戦を繰り広げる。120年に及ぶ戦いを活写した，筑前戦国史の決定版　280頁／上製／2300円

筑後争乱記　蒲池一族の興亡　河村哲夫著

蒲池氏は，龍造寺隆信の300日に及ぶ攻撃を柳川城に籠り防ぐ。しかし，一族は次々と攻め滅ぼされていった……。蒲池一族の千年に及ぶ興亡を描き，筑後の戦国期を総覧する　248頁／上製／2200円

元就と毛《もう》利《り》両《りょう》川《せん》　利重 忠 著

毛利元就は，次男・元春を芸北の雄吉川家に入れ，三男・隆景を強力な水軍をもつ小早川家の養子として，堅固な毛利両川体制を築いた。戦国期を生きぬいた元就の知略を追う　222頁／上製／1600円

荒木村重研究序説　戦国の将・村重の軌跡とその時代　瓦田 昇 著

荒木村重は信長に背き，一族郎党が殺される。一人生き延びた村重は，その後秀吉に茶匠として仕え，利休七哲の一人に数えられる。戦国の勇将・村重の数奇な生涯に迫る　552頁／上製／8000円

＊価格は税別